# El burlador
# de Sevilla

European Masterpieces
Cervantes & Co. Spanish Classics Nº 8

*General Editor:*     TOM LATHROP
                   *University of Delaware*

# El burlador de Sevilla

## Tirso de Molina

Edited and with notes by
R. JOHN MCCAW
*University of Wisconsin—Milwaukee*

Cervantes & Co.

FIRST EDITION

Copyright © 2003 by European Masterpieces
270 Indian Road
Newark, Delaware 19711
(302) 453-8695
Fax: (302) 453-8601

MANUFACTURED IN THE UNITED STATES OF AMERICA

ISBN 1-58977-010-2

# Table of Contents

# Introduction to Students

## The Authorship of *El burlador de Sevilla*

GABRIEL DE TÉLLEZ (1579/80-1648), BETTER known by his pen name Tirso de Molina, is popularly thought to be the author of *El burlador de Sevilla y convidado de piedra*. The attribution of the *Burlador* to Tirso, however, is not certain, though many convincing cases linking the two have been made over the past couple of decades. Perhaps we will never know for sure who wrote the play; next to Tirso, the dramatists Pedro Calderón de la Barca (1600-1681) and Andrés de Claramonte (1580?-1626) have figured most prominently as possible authors of the *Burlador*. However, recent trends in literary scholarship have generally dismissed Calderón as the author, and have advanced compelling arguments in favor of Claramonte. In spite of the fact that the authorship of *Burlador* remains inconclusive, most scholars continue to link the authorship of the *Burlador* with Tirso de Molina for a variety of reasons both convincing and spurious.

## The Life of Tirso

The exact year of Gabriel de Téllez's birth is unknown. The most credible research on the topic, the archival discoveries of Father Luis Vázquez of the Mercedarian order, lists Téllez's birthdate as March 24, 1579. Other plausible studies situate his birth in the early 1580s, but some popular sources also suggest birthdates as early as 1570 and as late as 1585. In any case, very little is known about the circumstances of Téllez's birth and early childhood. He was born in Madrid, and—if we are to believe Vázquez's findings—his parents were Andrés López and Juana Téllez, and he had a sister named Catalina Téllez.

Much more is known about Téllez's adult life. In 1601, when he was approximately 21 years old, Téllez entered the Mercedarian order at Guadalajara, a Castilian town 36 miles to the northeast of Madrid. For the next nine years Téllez pursued studies in Guadalajara, as well as in three other Castilian communities: Salamanca, Alcalá, and Toledo. During this period, Téllez began to write for the theater; among his triumphs during this period were the highly popular *El vergonzoso en palacio* (*The Shy Man at Court*) and *Don Gil de las calzas verdes* (*Don Gil's Green Breeches*). By 1616 Téllez adopted the pseudonym Tirso de Molina. Also by 1616, he and five fellow Mercedarian monks left the Peninsula to participate in a mission in Santo Domingo, the most important city on the Caribbean island of Hispaniola, and one of the most significant administrative, cultural, and religious centers in the New World. While there, Téllez was appointed as a provincial *Definidor*, an important administrative post within his religious order. After his return to the Peninsula in 1618, he lectured in Segovia (north of Madrid) for two years, and subsequently received the title of *Presentado* (a qualification as teacher of theology) in the province of Castile. In 1620 or 1621 he established himself in Madrid and began his major period of literary activity.

Tirso's literary career consistently crossed paths with his clerical career, and this involved many triumphs as well as some setbacks. The early 1620s were years of outstanding cultural activity in Madrid, as writers such as Lope de Vega, Calderón de la Barca, Quevedo, and Góngora resided and wrote in the city at the time. Tirso was very prolific during these years, and among his major works of this time was *Los cigarrales de Toledo* (*The Country Houses of Toledo*), published in 1624. If Tirso did indeed write *El burlador de Sevilla*, he probably did so during this period. During the early 1620s, however, a change in the government had strong repercussions on Tirso's life and literary career. In 1621 King Philip III died and his son, the sixteen-year-old Philip IV, inherited the throne. The government itself, however, fell largely in the hands of the count-duke of Olivares, the king's favorite and chief minister. Tirso strongly disliked Olivares, and even satirized him in his writing. In 1625 Tirso was censured by the *Junta de reformación* (Committee for Reform), ostensibly for setting a bad example by writing profane plays, though this censure is widely understood as a political move against Tirso by supporters of Olivares. As punishment, Tirso was forced to leave Madrid and take up work at a remote monastery of his order; by 1626 he was dispatched to Trujillo, in the southwestern region of Extremadura, in the respectable position of *Comendador* (Commander). Tirso spent three years in Trujillo. In 1629 he was able to re-establish himself in Castile, though he never returned to playwriting with the level of intensity as during the early 1620s.

After writing an Act of Contrition in 1630, Tirso began to acquire more responsibility within the Mercedarian order. In 1632 he was appointed chronicler of the order, and in the same year he was appointed *Definidor* of the order's operations in Castile. Though Tirso's dramatic output during these years was not particularly substantial, there were some notable achievements, such as the play *Deleitar aprovechando* (*Pleasure with Profit*), written in 1631-32 and published in 1635. Tirso's main literary project during the 1630s, however, was a history of the Mercedarian order, completed in 1639. In the following year, though Tirso earned the title of *Maestro* (Master), his history met with disapproval from Fray Marcos Salmerón, the vicar provincial. Salmerón removed Tirso from his duties as chronicler and relocated him to a remote monastery at Cuenca (about 115 miles to the southeast of Madrid). This censure, like the censure of 1625, is generally understood to be political in nature, and it had the effect of seeing Tirso's history fall into neglect, remaining in the archives—unpublished and almost unread—for over three hundred years. In 1641 Olivares fell from power, and this allowed Tirso to move from Cuenca to Toledo. In 1645 Tirso received his last appointment, that of *Comendador* of the Mercedarian convent in Soria (about 140 miles to the northwest of Madrid). He died in nearby Almazán around February 20 of 1648.

### The *Don Juan* Tradition

The character and story of don Juan first existed in the ballads and stories of the Castilian oral tradition of the Middle Ages. The *El burlador de Sevilla y convidado de piedra*, composed in seventeenth-century Spain (the *Siglo de Oro*), is among the first written works—and perhaps the very first—about don Juan and his adventures. Another drama of unknown authorship, *Tan largo me lo fiáis*, is very similar to *Burlador* and was probably written at about the same time during the early 1600s. Due to the popularity and preservation of these two plays, the figure of don Juan has survived the test of time, and his story has captivated and inspired generations of imaginations all over the world. A very short list of artists who have engaged the don Juan tradition includes Byron, Goldoni, Molière, Mozart, Pushkin, Shaw, and Zorrilla. Even though the Juan Tenorio of seventeenth-century Spain is portrayed as a trickster whose identity rests both on the artistry of deception and the sport of dishonoring women, in recent times the figure of don Juan has become perceived more as a romantic and insatiable lover, and less as an indifferent, cunning trickster.

### The Meanings of the Word *Burlador*

As the word *burlador* (like the verb *burlar*) conveys a variety of meanings, no word in English fully serves as an adequate translation. The most common rendering of the phrase and title *El burlador de Sevilla* in English has been *The Trickster of Seville*, but the word *trickster* only captures one dimension of the meaning. Other renderings include *deceiver, rogue, beguiler,* and *mocker.* The word *rake*—a dissolute, lewd person—has been used, as well.

**Grammatical notes**

Much of the grammar found in *El burlador de Sevilla* is entirely modern and standard, but some of the grammar is either archaic or found only in certain dialects. Though many students of Spanish believe that true proficiency comes only from studying the elements of the language that are in active, standard use, I hope that you and other students come to realize that a full and rich command of the Spanish language comes from studying archaic and non-standard elements in addition to the modern and standard elements. To this end, and to help with some of the more challenging grammatical aspects of the *Burlador*, here are some items to be aware of. Each example in Spanish comes from the play, and is referenced in parentheses according to the act of origin:

*Assimilation*

An assimilation of consonants frequently occurred when the pronouns *lo*, *los*, *la*, *las*, *le*, and *les* followed an infinitive (*-rl-* > *-ll-*):

Llegué y quise desarmalle... (I)
*I arrived and tried to disarm him...*
Vuarcedes continuamente / me hallarán para servillos. (II)
*You ("Your Graces") will always find me disposed to serve you.*
Que esta noche han de ser, podéis decille, / los desposorios. (III)
*You may tell him that the wedding will take place tonight.*

*Contraction*

The preposition *de* frequently contracted with pronouns. In modern Spanish, the only contractions created with *de* involve the article *el*.

Está, desta gran ciudad, / poco más de media legua / Belén... (I)
*Belem is little more than half a league from this great city...*
Pasando acaso he sabido / que hay bodas en el lugar, / y dellas quise gozar... (II)
*While just passing through, I learned that a wedding was taking place and wanted to enjoy them...*
¡Dios en paz / destos convites me saque! (III)
*Lord, deliver me in peace from these invitations!*

*Enclitics*

Sometimes pronouns were attached to the end of conjugated verbs; an attachment of this sort is known as an *enclitic*. In modern Spanish the two items are consistently separated, with the pronoun generally preceding the conjugated verb.

> Mataréte la luz yo. (I)
> > *I shall put out the light.*
>
> Halláronle en la cuadra del Rey mismo / con una hermosa dama de palacio. (II)
> > *They found him in the room of the very King with a beautiful lady of the palace.*
>
> Vite, adoréte, abraséme... (III)
> > *I saw you, I adored you, and I burned with passion...*

### Future Subjunctive

There used to be a future subjunctive in Spanish. In modern Spanish, the present subjunctive is used in subordinate clauses requiring the subjunctive mood. The future subjunctive was formed like the past subjunctive in –ra-, but with an –e instead of an –a.

> Si de mí / algo hubiereis menester, / aquí espada y brazo está. (II)
> > *If you should need me for anything, my arm and my sword are ready.*
>
> Si acaso / la palabra y la fe mía / te faltare... (III)
> > *If by chance my word and my faith should fail...*
>
> Si andas en pena...mi palabra te doy / de hacer lo que me ordenares. (III)

### Haber de + infinitive

This construction conveys many meanings, though the modern Spanish equivalent tends to be rendered in the future tense. In some cases, the phrase *haber de* means "to be expected to," "to be scheduled to," and "to be destined to":

> Bien puedo perder la vida, / mas ha de ir tan bien vendida, / que a alguno le ha de pesar. (I)
> > *I may well die, but it will be at such a high price that it is expected to weigh heavily on a certain someone.*
>
> Señor, a vuestra Alteza / no he de encubrille la verdad.... (II)
> > *I will not hide the truth from your Highness...*
>
> La burla más escogida / de todas ha de ser ésta. (III)
> > *The choicest trick of them all is destined to be this one.*

*Metathesis*

The term *metathesis* refers to the switching of sounds in a word or phrase, such as "ossifer" instead of "officer." In Spanish, the juxtaposition of sounds sometimes occurred—and stills occurs—in order to facilitate pronunciation. In the *Burlador* this occurs primarily when the verbal command for *vos* (you, singular) or for *vosotros* (you, plural) was followed by a pronoun beginning with *l* (*lo, los, la, las, le, les*).

Mi sangre es, señor, la vuestra; sacalda y pague la culpa. (I)
> *My blood, sir, is yours; shed it and let it pay for my misdeeds.*
Sacalda, solicitalda, / escribilda y engañalda.... (II)
> *Draw her out, woo her, write her and deceive her...*
¿Hay desvergüenza tan grande? / Prendelde y matalde luego. (III)
> *Is there any greater disgrace? Arrest him and then kill him.*

*Ways of Saying "You"*

You will notice that the *Burlador* contains many forms of address between characters of similar and different social standings. The singular pronoun *vos*, derived from the plural pronoun *vosotros*, was a respectful form of address that was generally used between social equals. The verb forms accompanying *vos* are the same as those that accompany *vosotros*.

The pronoun *tú* was generally used to address a child or a social inferior, but it also was often used as a form of address between intimate individuals. Don Juan and his servant, Catalinón, address each other as *tú* throughout the *Burlador*. The verb forms agreeing with *tú* in seventeenth-century speech are the same as those in the twenty-first century.

The pronoun *usted*, used in formal discourse today, appeared in written Spanish as early as 1620, but does not appear in the *Burlador*. Instead, phrases such as *Vuestra Alteza* ("Your Highness"), *Vuexcelencia* ("Your Excellency"), and *Vueseñoría* ("Your Lordship") appear in the play as forms of formal address. The phrase *Vuestra Merced* ("Your Grace")—a direct ancestor of *usted* dating back to the fifteenth century—was in use during Tirso's day, but only a plural version of one of its variants, *Vuarcedes*, appears in *Burlador*. The third person conjugation of verbs is used with these forms of address.

**Cultural notes**

A variety of footnotes explaining cultural concepts and facts exist throughout this edition of *Burlador*, but it may be helpful to consider a few specific items in advance. Though the theme, concerns, struggles, and triumphs depicted in *Burlador* are thoroughly modern and relevant to today's world, many of the social circumstances and cultural assumptions may prove a bit challenging for today's readers.

### The Historical and Geographical Setting of Burlador

Though the *Burlador* was written during the seventeenth century, the play takes place during the fourteenth century. Two kingdoms are represented in the *Burlador*: the Kingdom of Naples (headed by the unnamed King of Naples) and the Kingdom of Castile and León (headed by King Alfonso XI). Both of these kingdoms existed during the fourteenth century, but it is important to note that Naples—along with much of the Italian peninsula—was a Spanish possession during the seventeenth century. The fourteenth-century setting of *Burlador* is infused with references to things, places, and events from the fifteenth, sixteenth, and seventeenth centuries.

The play mostly takes place in Seville, but significant scenes also take place in Naples, Tarragona (near Barcelona on Spain's Mediterranean coast), Dos Hermanas (a small town in Andalusia near Seville), and near Tarragona on a travel route to Seville.

### Monarchy, Aristocracy, and Court Culture

The action in *Burlador* takes place in a variety of locations, including the sea, the shore, a pastoral settlement, a small village, and the streets of a big city. Most of the action, however, takes place at court—the palace of one of the two kings featured in the play. The palace is not just the political headquarters of the kingdom; it is the king's house. But this, of course, is not just any old house. For example, the Alcázar in Seville—mentioned in the play as King Alfonso's palace—was a sprawling compound of buildings, gardens, and other spaces capable of accomodating dozens of royal assistants and guests. Many of these assistants and guests came from domestic and foreign aristocracies, and within the confines of the palace compound an untold number of friendships, hatreds, romances, fights, alliances, and power plays unfolded on a daily basis.

Court culture was not necessarily confined to the physical space of the palace compound. When Juan Tenorio roams the city streets, for example, he encounters friends and acquaintances from court, and with these people he shares special protocols of courtesy. Court life in Spain, both within and away from the palace, operated according to a well known system of social hierarchy. The King, of course, was considered the apex of this hierarchy. Next in order of position were the grandees: first the Dukes and Duchesses, then the Marquises and Marquesses, and then the Counts and Countesses. At the bottom of the hierarchy were the *hidalgos*, noblemen of the lesser aristocracy. They were also known as *caballeros*, and generally enjoyed the privilege of using the title *Don* before their name. Nobles at all levels were routinely employed to assist the king in a variety of roles ranging from policy advisors and embassadors to bedchamber assistants.

From the fourteenth century to the seventeenth century, as the Kingdom of Castile gained increasingly more territory and power on the peninsula, the Castilian Court became correspondingly more prominent. By 1610 Madrid was definitively established as Court headquarters, and its most celebrated resident, King Phillip III, ruled a far-flung monarchy that directly controlled territories throughout Europe (Castile, Aragon, Portugal, Naples, Sicily, Milan, etc.), Africa, Asia, and the Americas. In Tirso's day, the Court bustled with thousands of people, and younger sons from humble families as well as impoverished *hidalgos* were drawn to Court with hopes of finding a place in a noble household, in the palace itself, or in the government bureaucracy.

## Old Christians, New Christians, and Purity of Blood

In early Spain, a *cristiano viejo* was a Spaniard of pure Christian lineage, and that usually meant a descendant exclusively of the ancestral Roman-Gothic-Celtiberian race that populated much of the peninsula at the time of the invasion of the Moors during the early eighth century. Technically, to be recognized as a *cristiano viejo*, one had to demonstrate ancestral purity and show oneself free of Jewish or Moorish ancestry. In the sixteenth and seventeenth centuries in particular, it was generally considered a mark of distinction to be considered of pure Christian heritage, in contrast to the *cristianos nuevos*, who were Jews and Moors recently converted to Christianity. In the mid-1500s, as Lutheranism and other forms of Protestantism challenged the very nature of Catholicism throughout Europe, the Archbishop of Toledo—followed by other Church authorities in Spain, and ultimately upheld by the Crown—established statutes of *limpieza de sangre* ("purity of blood") that effectively limited access to political and ecclesiastical office on the basis of pedigree. Caste consciousness linked to *limpieza de sangre* cut across class lines, as aristocrats and commoners alike endeavored to prove, and sometimes purchase, *cristiano viejo* standing. In the popular imagination of the time, however, *limpieza de sangre* was generally a concern of the grandees and *hidalgos*; common people—including peasants such as Aminta and her father, Gaseno, in *Burlador*—are frequently depicted as concerned with caste for humorous purposes.

*Honor*

At the time that the *Burlador* was written, many people—notably at the middle and upper levels of the socio-economic and cultural hierarchy—regularly made personal and professional decisions on the basis of how those decisions would affect their reputation or social image. This concern for honor (*el honor*) and its counterpart, shame, determined many a person's perceived worth and quality of life as evaluated by other people. This culture of honor in seventeenth-century Spain emerged from codes of behavior that derived from European aristocratic courtly culture of the Middle Ages. And while concern for honor remained a primarily aristocratic practice throughout the Golden Age and beyond, some common people—specifically those of pure Christian heritage—mimicked the concern. On stage, a commoner's concern for honor was often seen as comical.

*The Military Orders*

In the twelfth century, during the time of the Spanish *Reconquista*, several military brotherhoods formed in order to advance the religious, cultural, and territorial interests of Christians crusading against the Muslims on the peninsula. The Orders of Calatrava, Santiago, and Alcántara were the first and the most prestigious. In the Middle Ages and throughout the Golden Age, military orders held a great deal of power and prestige in Spanish society. Each order was led by a *Maestre* (Master), who in turn was assisted by a *Comendador mayor* (Grand Commander).

**Versification**

One of the many artistic and cultural characteristics of sixteenth- and seventeenth-century Spain was the skilled use of verse in order to create drama that was pleasing and meaningful to educated readers as well as to a mass audience of spectators. Dramatists such as Tirso de Molina arranged their words very carefully according to precise, formal conventions of meter (*metro*), rhythm (*ritmo*), and rhyme (*rima*). In *El burlador de Sevilla*, as in countless other poetic plays of Early Modern Spain, the principal unit of composition is the verse (*verso*). The study of the structure, meter, and arrangement of verses is known as prosody or versification (*versificación*). Though a familiarity with versification is not required in order to enjoy the play, such a familiarity does enhance the reader's and spectator's experience considerably.

With a few exceptions, each of the nearly 3,000 verses in the *Burlador* coordinates with other verses nearby in order to yield specific sound patterns. These sound patterns are created primarily through verse length (number of syllables in each verse) and rhyme scheme (sound correspondences between verses), though there are other factors such as the rhythmic arrangement of syllables within each verse. Each of these sound patterns may be classified as an example of an identifiable poetic genre or metric combination.

In the *Burlador*, nearly every verse belongs to one of six kinds of poetic types: *décimas, octavas reales, quintillas, redondillas, sextillas,* and *romances*. Each of these types meets well defined criteria of verse length and rhyme scheme. Additionally, the first five of these types are considered strophic, as their verses are always arranged into stanzas (*estrofas*). In contrast, the sixth one listed—the *romance*—is variable in the number of verses it contains; it is not conventionally divided up into stanzas. This type of poem is thus considered astrophic.

*Aspects of Verse Length*
SYNALEPHA AND SYNAERESIS

Counting of syllables in poetry is not always equivalent to the way we usually count syllables. Each verse in a poem is associated with a specific number of syllables, depending on the type of poem of which the verse is a part. Each verse in a *romance*, for example, has eight syllables, such as this verse from Act I:

> de las cuchillas soberbias
> *de-las-cu-chi-llas-so-ber-bias*

In the example above, the number of poetic syllables is equivalent to that of phonological syllables. In contrast, contiguous vowels blend together to form a single syllable. Here is an example from Act I, which is also counted as eight syllables:

> la espada en la mano aprieta
> *laes-pa-daen-la-ma-noa-prie-ta*

Though the vowel sequence *ie* in *aprieta* is a normal diphthong, other vowel sequences in the above verse—*ae* twice and *oa* once—are pronounced as if they were in the same syllable.

The two words commonly used to identify the association of vowels in poetry are synalepha (*sinalefa*) and synæresis (*sinéresis*). Synalepha refers to the blending of vowels at the end of words with vowels at the beginning of words in the same verse. As a result of synalepha, one poetic syllable is created out of a series of two or more phonological syllables. In the example above, synalepha occurs three times. In the following octosyllabic verse from Act I, synalepha also occurs three times:

Yo engañé y gocé a Isabela
*Yo-en-ga-ñé-y-go-cé-ai-sa-be-la*

Notice that three words coordinate to form the final synalepha in the above verse.

On the other hand, synæresis refers to the blending, within a word, of two or more contiguous vowels that do not form a diphthong. This verse from Act III shows the occurrence of synaeresis in the word *poesía*:

¿Prémiase allá la poesía?
*¿Pré-mia-sea-llá-la-poe-sí-a?*

The word *poesía* is phonologically a four-syllable word, but in order to get eight syllables in this verse, it is necessary to use synaeresis by pronouncing the *oe* of *poesía* as one vowel sound.

## HIATUS AND DIÆRESIS

Sometimes a poetic verse uses a form of separation or dissociation in the pronunciation of vowels. In a *romance*, for example, this technique allows a string of seven or fewer phonological syllables to fulfill the formal demands of an eight-syllable verse. The two terms commonly used to identify the separation of vowel sounds in poetry are hiatus (*hiato*) and diaeresis (*diéresis*). In contrast to synalepha, hiatus occurs when no blending of contiguous vowels is achieved between words, even though such blending would normally occur in poetry or in everyday speech. An example from Act II in an eleven-syllable line:

Caséle con su hija, y no sé cómo
*Ca-sé-le-con-su-hi-ja-y-no-sé-có-mo*

Typically in poetry, and frequently in everyday speech, synalepha would be exercised in the above example by combining the final syllable of *hija* with the word *y* in order to create one single vowel sound. However, in order to make eleven syllables in this verse, it is necessary to pronounce these sounds separately.

In contrast to synæresis, diæresis occurs when, within a word, the contiguous vowels that would normally form a diphthong are pronounced separately. In order to get eleven syllables in the following verse (part of an *octava real*) from Act III, the *u* and the *i* in *ruido* must be pronounced separately, even though they are normally pronounced together:

Iréis con poca gente y sin ruido
*I-réis-con-po-ca-gen-tey-sin-ru-i-do*

Sometimes you will see an instance of diæresis indicated graphically by a diacritical mark (for example, *rüido*).

## VERSE ENDINGS AND COUNTING OF SYLLABLES

In addition to the blending and separation of vowel sounds, there is another major feature in poetry that affects the number of syllables: the location of accent or stress at or near the end of the verse. In the examples above, of the three final syllables, it is the next-to-last syllable (technically, the penultimate syllable) that receives the greatest stress. In Spanish, most words—and therefore, most poetic verses—are stressed on the penultimate syllable; such a verse is known as a *verso llano*. When a verse in Spanish is *llano*—that is, when the final stress of the verse falls on the next-to-last syllable—the counting of syllables is standard. Here is an example from Act I:

¿Quién soy? Un hombre sin <u>nom</u>bre.
*¿Quién-soy?-Un-hom-bre-sin-<u>nom</u>-bre.*

The computation of syllables in poetry is affected when the final stress in a verse is on the last (or ultimate) syllable, or when the verse's final stress is on three syllables back (the antepenultimate syllable). When the final stress of a verse is on the last syllable, the verse is known as a *verso agudo*. In the computation of syllables in a *verso agudo*, a phantom syllable is added to those already counted. This is because, as the final word ends with stress on the final syllable, this syllable is sounded with special intensity and a brief pause is needed. Here is an example from Act II:

El que viene es el Marqués
*El-que-vie-nees-el-Mar-<u>qués</u>-+1*

When the final stress of a verse is on the antepenultimate syllable, the verse is known as a *verso esdrújulo*. In the counting of syllables in a *verso esdrújulo*, one *less* syllable is counted. For example, here is an eight-syllable *verso esdrújulo* from a *romance* in Act III:

Gentilhombre de mi <u>cá</u>mara
*Gen-til-hom-bre-de-mi-<u>cá</u>-mara*

## ARTE MAYOR AND ARTE MENOR

Verses in Spanish containing eight or fewer syllables are classified as *arte menor*. Verses containing nine or more syllables are classified as *arte mayor*. Typically, as verses in *arte menor* tend to reflect comical and popular themes, verses in *arte mayor* tend to reflect tragic themes as well as elevated discourse. In the *Burlador*, most of the verses are written in *arte menor*, including most of the verses that deal with weighty affairs.

## Aspects of Rhyme
### Assonance and Consonance

In the *Burlador*, as in other plays written in verse, the final two syllables of most lines correspond in sound to the final two syllables of at least one other nearby verse. This sound similarity is known as rhyme (*rima*), and there are two kinds of end-verse rhyme: full rhyme (*rima consonante*) and assonant (*rima asonante*).

Full rhyme is when there is a pairing of verses whose endings, from the stress on, are identical. In the *Burlador*, consonant rhyme is achieved by pairs such as the following: *España—engaña, corrido—sido, notorio—Tenorio, cenar—pasar, maravilla—Sevilla*.

Assonant rhyme disregards the sound of consonants; the correspondence of sounds between verse endings depends on the vowels alone. The accented and final vowels at the end of each assonant verse pair are identical. For example, the words *toldos, otros, negocios, monstruo,* and *polvo* are used together in Act I, and all make assonance of *o-o*. In assonant as well as in consonant rhymes, the weak vowel of a diphthong (the *i* in *negocios* and the *u* in *monstruo*, for example) is ignored.

Typically, in order to create a metric combination such as a *redondilla* or *décima*, verses with varying rhyme patterns are ordered into specific arrangements according to the poetic genre desired. Frequently, specific sequences of sounds are played off against other sound sequences in order to achieve a variety of emotional and dramatic effects.

Here are the six kinds of poetic genre that are found in *Burlador*. You will notice that some rhyme schemes are expressed in lower-case letters, such as *abba*. This method is used not only to show where rhyme occurs (in this example, with the first and fourth verses as well as with the second and third verses), but also to indicate that the verses are in *arte menor* (verses of eight syllables or less). A rhyme scheme expressed in upper-case letters, such as *ABAB*, not only reveals that the first and third verses and the second and fourth verses constitute two separate rhyme pairings, but also indicates that the verses are written in *arte mayor* (verses of more than eight syllables). In effect, a rhyme scheme such as *aBaBcC* is a combination of *arte menor* and *arte mayor*, and different rhyme pairings occur with the first and third, second and fourth, and fifth and sixth verses.

*Poetic forms in the* Burlador

The six poetic genres used almost exclusively in the *Burlador* are *romances, redondillas, quintillas, sextillas, octavas reales*, and *décimas*.

### ROMANCES

A *romance* is a poetic and musical genre with a traditional and popular heritage comparable to that of the English ballad. *Romances* are astrophic, and thus are not arranged into stanzas. There is no prescribed number of verses needed in order to create a *romance*, though at least two verses are required in order to begin one, and at least four verses are required in order to ensure that the composition is formally recognizable as a *romance*. The odd-numbered verses in a *romance* do not rhyme; this is called blank verse (*versos sueltos*). The even-numbered verses in a *romance* do rhyme, however. The rhyme in *romances* is assonant, and the rhyme remains consistent within a *romance* unit. For example:

> De estas infelices bodas
> no sé qué siento, Belisa.
> Todo hoy mi Batricio ha estado
> bañado en melancolía,
> todo en confusión y celos.
> ¡Mirad qué grande desdicha!

This *romance* from Act III continues for several more verses. The rhyme in these verses is *i-a*, but there are other rhyme harmonies found in *romances* in the *Burlador*: *a-a, a-e, e-a, -ó-, o-a,* and *o-o*.

Each verse in a *romance* usually contains eight syllables, and thus is called an octosyllabic verse (*verso octosílabo*). In this play, a curious exception to this norm is Tisbea's monologue in Act I; the verses in this *romance* contain seven syllables, and thus are called heptasyllabic verses (*versos heptasílabos*). In dramas such as the *Burlador*, the *romance* is used primarily to present heroic and legendary narrative.

*REDONDILLAS*

A *redondilla* is a poetic unit of four octosyllabic verses. Rhyme is usually full and uses the *abba* pattern. In the following example from Act I, the sounds of *-erte* and *-ido* set the rhyme:

> ¿Cómo estás de aquesa suerte?
> Dime presto lo que ha sido.
> ¡Desobediente, atrevido!
> Estoy por darte la muerte.

Several *redondillas* in sequence may yield a variety of rhyme pairs, rendering the scheme *abba cddc effe*, and so on. The *redondilla* is typically used for lively, animated conversation.

*QUINTILLAS*

A *quintilla* is a poetic unit of five octosyllabic verses, and the rhyme is usually consonant. In the following *quintilla* from Act III, for example, consonant rhyme is created with pairings of *-ado* and *-iste*:

> Y dice al fin que el recaudo
> que de su prima le diste
> fingido y disimulado,
> y con su capa emprendiste
> la traición que le ha infamado.

The rhyme scheme for this *quintilla* is *ababa*, but other rhyme schemes are possible, provided three verses do not rhyme in succession. In the *Burlador*, the other rhyme schemes for *quintillas* are *abbaa* and *aabba*. The *quintilla* is used in the *Burlador* to set comic as well as serious tones, but mostly the *quintilla* is generally associated with the solemn or meditative expression of emotion.

*SEXTILLAS*

The *sextilla* is a poetic unit of six lines that employs a variable combination of seven-syllable, or heptasyllabic, verses (*versos heptasílabos*) and eleven-syllable, or hendecasyllabic, verses (*versos endecasílabos*). In consequence, the *sextilla* is a combination of *arte menor* and *arte mayor*. The rhyme is usually consonant. In the *Burlador*, almost all of the *sextillas* used begin with an heptasyllabic verse, follow with an hendecasyllabic verse, then alternate evenly between the two for the remaining four verses. Here is one of the examples from Act III:

En sus pajas me dieron
corazón de fortísimo diamante;
mas las obras me hicieron
deste monstruo que ves tan arrogante,
ablandarme de suerte,
que al sol la cera es más robusta y fuerte.

The rhyme scheme for the *sextillas* in this play is standard: *aBaBcC*. The first verse rhymes with the third, the second verse rhymes with the fourth, and the fifth and sixth verses rhyme with each other.

## OCTAVAS REALES

An *octava real* is composed of eight verses of eleven syllables each. The rhyme is usually consonant. Here is an example from Act II:

Comendador mayor de Calatrava
es Gonzalo de Ulloa, un caballero
a quien el moro por temor alaba;
que siempre es el cobarde lisonjero.
Éste tiene una hija en quien bastaba
en dote la virtud, que considero,
después de la beldad, que es maravilla,
y es sol de las estrellas de Sevilla.

The rhyme scheme for *octavas reales* is standard: *ABABABCC*. The *octava real* is generally associated with epic and mythological poetry.

## DÉCIMAS

A *décima* (also known as an *espinela*) is composed of ten verses of eight syllables each, and thus is written in *arte menor*. Here is an example from Act I:

Como es verdad que en los vientos
hay aves, en el mar peces,
que participan a veces
de todos cuatro elementos;
como en la gloria hay contentos,
lealtad en el buen amigo,
traición en el enemigo,
en la noche escuridad,
y en el día claridad,

así es verdad lo que digo.

The rhyme scheme for a *décima* is *abbaaccddc*. The *décima* is generally associated with meditative narrative of great depth. Due to its length, the *décima* often conveys information with a sense of suspense.

### Dramatic Dialogue

Each of the textual excerpts provided above conveys the words of just one speaker. However, because it is a play, the effectiveness of *Burlador* depends a great deal on dialogue. In effect, most metrical compositions within the play carry the words of two or more speakers. For example, consider the opening lines of the play:

> ISABELA:    Duque Octavio, por aquí
> podrás salir más seguro.
> D. JUAN:    Duquesa, de nuevo os juro
> de cumplir el dulce sí.

These first four lines of the drama form a perfect *redondilla*. However, the first half of the *redondilla* is spoken by Isabela, and the second half by don Juan. Metrical compositions in plays such as *Burlador* are often divided up even further, with different characters voicing mere fragments of a single verse. Examine this exchange involving Tisbea, Catalinón, and don Juan:

> TISBEA:    ¿Cómo se llama?
> CATAL.:                    Don Juan
> Tenorio.
> TISBEA:              Llama mi gente.
> CATAL.:    Ya voy.
> TISBEA:              Mancebo excelente,
> gallardo, noble y galán:
> Volved en vos, caballero.
> D. JUAN:    ¿Dónde estoy?
> TISBEA:                    Ya podéis ver;
> en brazos de una mujer.
> D. JUAN:    Vivo en vos, si en el mar muero.

These lines from Act I are two perfect *redondillas*, though this may not be immediately obvious due to the energetic and conversational nature of the script itself. As you read the *Burlador*, you will notice that many utterances and speeches begin and end anywhere within a metrical composition. Though this may make it seem like the poetry is merely a vehicle for lively dialogue, the combination of poetry and dialogue, in fact, creates a vivid pace and tone. The artistic quality of *El burlador de Sevilla* is immense, and one of the reasons for this is the poetic nature of the play.

### Editions used

The text used for this edition comes primarily from the facsimile reproduction of the oldest textual source (*princeps*) of *El burlador de Sevilla y convidado de piedra*, assembled by Xavier A. Fernández in *Las dos versiones dramáticas primitivas del don Juan* (Madrid: Edita Revista «Estudios», 1988). For the most part, I have preserved the language, structure, and format of the *princeps* to a significant extent. In particular, spelling has been modernized in instances when pronunciation is not affected, and the original grammar has been preserved; this is why, for instance, you will see a phrase such as "Salen don Juan Tenorio y Isabela, duquesa" when, in today's Spanish, the last part of the phrase would read, "e Isabela." However, the *princeps* contains a variety of obvious defects, such as missing words and verses (*lacunae*), incorrectly transcribed words, and verses attributed to the wrong characters. In addition, several other features of the *princeps*—such as some stage directions—are not entirely clear, at least to the modern reader. In effect, I have revised parts of the *princeps* text in order to facilitate the reading experience.

Though some of these changes are entirely my own, I also have incorporated editorial suggestions mostly drawn from Joaquín Casalduero's edition (Madrid: Cátedra, 1987), Mercedes Sánchez Sánchez's edition (Madrid: Castalia, 1997), and Alfredo Rodríguez López-Vázquez's edition (Madrid: Cátedra, 1997). Furthermore, in order to deal with a variety of specific textual problems, I have consulted a couple of other editions: José Martel's, Hymen Alpern's, and Mades's edition in *Diez comedias del Siglo de Oro* (Prospect Heights, IL: Waveland, 1985); and James A. Parr's edition (Binghamton, NY: Medieval and Renaissance Texts and Studies, 1993).

The texts mentioned above also have provided invaluable guidance in my creation of glosses and footnotes for this edition of *El burlador de Sevilla*. In addition, among the many other sources I consulted for lexical and cultural assistance, two stand out in particular: Sebastián de Covarrubias's *Tesoro de la lengua castellana o española* in Martín de Riquer's edition (Barcelona: Horta, 1943) and the *Diccionario de la Lengua Española en CD-ROM* of the Real Academia de la Lengua (Madrid: Espasa Calpe, 1995). In my footnote on the phrase "¡Tan largo me lo fiáis!" I found Margaret Wilson's *Tirso de Molina* (Boston: Twayne, 1977) to be of great value. In some cases I also consulted translations of the *Burlador*, particularly Max Oppenheimer, Jr.'s *The Beguiler from Seville and the Stone Guest* (Lawrence, KS: Coronado, 1976).

## Acknowledgments

I wish to thank several people for their contributions to this project. First, I would like to thank Vern Williamsen, whom I have not had the opportunity to meet in person. He not only provided me with invaluable information on the *princeps* and other early editions of the *Burlador*, but also generously gave me one of his copies of Xavier A. Fernández's facsimile reproductions. I cannot find adequate words to thank Professor Williamsen for this gesture of collegiality; he is a true credit to the profession.

Thanks also go to Edward Dudley, Professor Emeritus of SUNY Buffalo, for thoroughly reading the whole text and making a great number of corrections and suggestions. Professor Dudley's vast knowledge and sense of nuance have improved this text immeasurably. I also wish to thank Kathleen Spinnenweber of Franciscan University for her corrections and suggestions, and I am particularly grateful for her erudite feedback on the text's biblical references. In fact, Professor Spinnenweber wrote two of the footnotes in this edition, and she is duly credited at the end of each note. I am grateful to Edward Dudley and Kathleen Spinnenweber, as well as to Marsha Collins of the University of North Carolina at Chapel Hill, and to Margaret Greer of Duke University, for feedback on organizational issues regarding this edition, such as whether to gloss heavily or lightly. Of great importance in completing this project has been the encouragement from my many colleagues and friends, including John Mendenhall, Kathleen Spinnenweber, Lynn Ramey, and Edward and Patricia Dudley.

I am grateful to Tom Lathrop, founding editor of *Juan de la Cuesta Hispanic Monographs*, for giving me the opportunity to put together this edition in the first place. Aside from this, he has helpfully guided me in making all sorts of technical decisions related to the creation of this edition, and his marvelous edition of *Don Quijote de la Mancha*—the first text in this groundbreaking series of editions—has served as both model and inspiration for this project. Many thanks also go to the excellent editorial staff at Cuesta. They have always promptly answered my questions, and have helped me more than once to overcome technical obstacles in the assembly of the text itself.

Finally, I wish to thank my students at the University of Wisconsin-Milwaukee, as well as my former students at the University of Montevallo, for providing me with something very essential to this project: the student's perspective. Because of my students, I have been able to see what elements of the

*Burlador* present the greatest challenges at different stages of the undergraduate career in Spanish. For many teaching professionals in foreign languages, it is sometimes too easy to ignore the basic educational needs of students who are not heritage speakers of Spanish. This is particularly true for such students making the transition from language courses to culture and literature courses. I hope that these students and many others will find this edition helpful on the journey toward advanced proficiency in the Spanish language and culture. I can certainly claim that my students—to whom this book is dedicated—have enriched my journey as a college professor of Spanish, and for this I am very thankful indeed.

## Selected Bibliography
### 1. General Studies of Tirso

McClelland, Ivy Lillian. *Tirso de Molina: Studies in Dramatic Realism*. New York, NY: AMS, 1976.

Sullivan, Henry W. *Tirso de Molina and the Drama of the Counter Reformation*. Amsterdam: Rodopi, 1976.

Sullivan, Henry W. and Raúl Galoppe, eds. *Tirso de Molina: His Originality Then and Now*. Ottawa: Dovehouse, 1996.

Wilson, Margaret. *Tirso de Molina*. Boston: Twayne, 1977.

### 2. Critical Editions of *Burlador*

Casalduero, Joaquín, ed. *El burlador de Sevilla y convidado de piedra*. Tirso de Molina. Madrid: Cátedra, 1987.

Martel, José and Hymen Alpern, eds. *Diez comedias del Siglo de Oro*. Revised by Leonard Mades. Prospect Heights, IL: Waveland, 1985.

Parr, James A., ed. *El burlador de Sevilla y convidado de piedra*. Binghamton, NY: Medieval and Renaissance Texts and Studies, 1993.

Rodríguez López-Vázquez, Alfredo, ed. *El burlador de Sevilla*. Atribuida a Tirso de Molina. Madrid: Cátedra, 1997.

Sánchez Sánchez, Mercedes, ed. *El burlador de Sevilla*. Tirso de Molina. Madrid: Castalia, 1997.

Vázquez, Luis. *El burlador de Sevilla y convidado de piedra*. Madrid: Estudios, 1989.

### 3. Critical Studies of *Burlador*

Rhodes, Elizabeth. "Gender and the Monstrous in *El burlador de Sevilla*." *Modern Language Notes*. 117 (2002): 267-85.

Rogers, Daniel. *Tirso de Molina. El burlador de Sevilla*. London: Grant and Cutler,

1977.

―――. "Fearful Symmetry: The Ending of *El burlador de Sevilla*." *Bulletin of Hispanic Studies* 41 (1964): 141-59.

Singer, Armand E. "Don Juan's Women in *El burlador de Sevilla*." *Bulletin of the Comediantes* 33 (1981): 67-71.

Ter Horst, Robert. "The Loa of Lisbon and the Mythical Sub-Structure of *El burlador de Sevilla*." *Bulletin of Hispanic Studies* 50 (1973): 147-65.

Wade, Gerald. "Hacia una comprensión del tema de *Don Juan* y *El burlador*." *Revista de Archivos, Bibliotecas y Museos*. 77 (1974): 665-708.

# El burlador de Sevilla
# Y convidado de piedra

## Hablan en ella las personas siguientes

Don Juan Tenorio
5   Don Diego Tenorio, *padre de don Juan*
Don Pedro Tenorio, *tío de don Juan*
Catalinón, *lacayo° de don Juan*                                           lackey

El Rey de Nápoles
El Rey de Castilla

10   La Duquesa Isabela, *dama de palacio*
El Duque Octavio, *prometido° de Isabela*                           betrothed
Fabio, *criado de Isabela*
Ripio, *criado de Octavio*

Tisbea, *pescadora°*                                        fisherwoman
15   Anfriso, *pescador y amigo de Tisbea*
Coridón, *pescador y amigo de Tisbea*

Doña Ana de Ulloa, *mujer noble*
Don Gonzalo de Ulloa, *padre de doña Ana*
El Marqués de la Mota, *prometido de doña Ana*

20   Aminta, *villana°*                                        villager
Gaseno, *padre de Aminta*
Batricio, *novio° de Aminta*                               groom
Belisa, *amiga de Aminta*
cantores
25   criados
enlutados°                                           mourners
guardas°                                            guards
músicos
pastores°                                         shepherds
30   pescadores

# JORNADA PRIMERA[1]

*[Nápoles. Salen don Juan Tenorio y Isabela, duquesa[2]]*

| | | |
|---|---|---|
| ISABELA | Duque Octavio,[3] por aquí | |
| 5 | podrás salir más seguro.° | safely |
| DON JUAN | Duquesa, 'de nuevo° os juro° | once again,I swear |
| | de cumplir° el dulce sí.° | fulfill,oath of marriage |
| ISABELA | Mis glorias serán verdades, | |
| | promesas y ofrecimientos,° | offerings |
| 10 | regalos y cumplimientos,° | courtesies |
| | voluntades° y amistades. | good will |
| DON JUAN | Sí, 'mi bien.° | my love |
| ISABELA | Quiero 'sacar | |
| | una luz.° | get a light |
| 15 DON JUAN | Pues,° ¿para qué? | but |
| ISABELA | Para que el alma° dé fe° | soul,faith |
| | del bien° que llego a gozar.° | pleasure,enjoy |
| DON JUAN | Mataréte la luz yo.[4] | |
| ISABELA | ¡Ah, cielo°! ¿Quién eres, hombre? | heaven |
| 20 DON JUAN | ¿Quién soy? Un hombre sin nombre. | |
| ISABELA | ¿Que no eres el Duque? | |
| DON JUAN | No. | |
| ISABELA | ¡Ah, 'de palacio°! | men of the palace |
| DON JUAN | Deténte.° | control yourself |
| 25 | Dame, Duquesa, la mano. | |
| ISABELA | 'No me detengas,° villano.° | don't stop me,villain |
| | ¡Ah, 'del Rey°! ¡Soldados°! ¡Gente! | royal guard,soldiers |

---

[1] **Jornada primera** = Act 1
[2] **Salen don Juan Tenorio...** *Don Juan Tenorio and the Duchess Isabela enter the stage*
[3] Isabela thinks Juan Tenorio is Octavio
[4] **Mataréte...** *I shall put out the light.* The attachment of direct and indirect object pronouns to verbs conjugated in the past, present, and future tenses is very common in Golden Age Spanish literature.

[*Sale el Rey de Nápoles*[5] *con una vela*° *en un candelero.*°]                    candle,candleholder

| | |
|---|---|
| REY | ¿Qué es esto? |
| ISABELA | ¡El Rey! ¡Ay, triste! |
| REY | ¿Quién eres? |
| 5   DON JUAN | ¿Quién 'ha de ser°?[6] |
| | Un hombre y una mujer. |
| REY | [*Aparte.*°[7]] (Esto en prudencia° consiste.) |
| | ¡Ah, 'de mi guarda°! ¡Prended° |
| | a este hombre! |
| 10  ISABELA | ¡Ay, perdido° honor! |

será

aside, prudence
men of my guard,  arrest

lost

[*Vase*° *Isabela. Sale don Pedro Tenorio, Embajador de*
*España, y Guarda.*]                                      se va = exits

| | |
|---|---|
| DON PEDRO | ¡En tu cuarto, gran señor, |
| | voces! ¿Quién la causa fue? |
| 15  REY | Don Pedro Tenorio, a vos°[8] |
| | esta prisión° os encargo.° |
| | Si ando corto, andad vos largo;[9] |
| | mirad quién son estos dos. |
| | Y con secreto ha de ser; |

you
imprisonment, I assign

---

[5] Naples is a city in southern Italy. Naples was a Spanish possession at the time that *Burlador* was written (the seventeenth century), but not at the time when the play takes place (the fourteenth century).

[6] The construction *haber de* precedes the infinitive form of verbs, and translates into English in a variety of ways. In addition to meaning "to be expected to" and "to be scheduled to," the phrase has auxiliary value for expressing future constructions.

[7] An **aparte** (*aside*) is a character's remark or speech heard by the audience, but supposedly not by other characters.

[8] During the Golden Age, the singular pronoun **vos** was generally used as a form of address between social equals. Like the plural pronoun *vosotros*, vos prompted the use of the second person plural conjugation of verbs (*andáis, andad,* etc.). The singular pronoun *tú* was used between intimate individuals, and was also used by people to address social inferiors. The singular pronoun *usted*, used in the Spanish-speaking world today, did not exist as such; instead, phrases in the third person singular—such as *Vuestra merced* and *Vuestra excelencia*—were used in formal address.

[9] **Si ando corto...** *It is best that you handle this*

que algún mal° suceso° creo,      bad, event
porque° si yo aquí lo veo,      because
no me queda más que ver.[10]

[*Vase.*]

|   |   |   |
|---|---|---|
| 5 | DON PEDRO | Prendelde.°[11] |

**Prendedle** = seize him

| DON JUAN | ¿Quién 'ha de osar°? |
|---|---|

osará = will dare

Bien° puedo° perder° la vida,      well, I can, lose
mas° ha de ir 'tan bien vendida,°      but, lost at such a high
que a alguno° le ha de pesar.°      price, someone, weigh

| 10 | DON PEDRO | ¡Matalde°! |
|---|---|---|

heavily; **Matadle**

| DON JUAN | ¿Quién os engaña°? |
|---|---|

deceives

Resuelto° en morir estoy,      resolved
porque caballero° soy      gentleman
del Embajador de España.

15      Llegue,° que sólo ha de ser      may he arrive
'quien me rinda.°      the person who subdues

| DON PEDRO | Apartad,° |
|---|---|

me; step back

a ese cuarto 'os retirad
todos° con esa mujer.      remove yourselves

20               [*Vase.*]

| DON PEDRO | Ya estamos solos los dos, |
|---|---|

muestra° aquí tu esfuerzo° y brío.°      show, courage, vigor

| DON JUAN | Aunque tengo esfuerzo, tío, |
|---|---|

no le° tengo para vos.[12]      **lo**

| 25 | DON PEDRO | ¡Di° quién eres! |
|---|---|---|

say

| DON JUAN | Ya lo digo; |
|---|---|

tu sobrino.°      nephew

| DON PEDRO | [*Aparte.*] (¡Ay, corazón; |
|---|---|

que temo° alguna traición°!)      fear, betrayal

---

[10] **No me queda...** *I have seen enough*

[11] As a reflection of pronunciation preferences, it is common to find instances of metathesis—the transposition of certain consonant pairs (such as –*dl*- to –*ld*-) —in Golden Age literature.

[12] The word **le** is a direct object pronoun and refers to *esfuerzo*. The use of *le* and *les* as direct object pronouns, instead of the more standard *lo* and *los*, is known in Spanish linguistics as *leísmo*.

¿Qué es lo que has hecho, enemigo°?                          enemy
    ¿Cómo estás de aquesa° suerte°?                          esa, manner
Dime presto° lo que ha sido.                                 right away
¡Desobediente,° atrevido°!                                   disobedient, insolent
5·  Estoy por darte la muerte.
        ¡Acabad!°                                            Let's have it!

DON JUAN              Tío y señor,
mozo° soy y mozo fuiste,                                     young man
y 'pues que° de amor supiste,°                               given that, you learned
10  tenga disculpa° mi amor.                                 excuse
    Y pues° a decir me obligas°                              since, you oblige
la verdad, oye y diréla:                                     la diré
Yo engañé y gocé a Isabela
la Duquesa...

15  DON PEDRO          'No prosigas.°                        say no more
    Tente,° ¿cómo la engañaste?                              hold on
Habla quedo° y 'cierra el labio.°                            quietly, keep it secret

DON JUAN    Fingí° ser el Duque Octavio                      I pretended
DON PEDRO   No digas más, calla,° baste.°                    be quiet, enough
20      [Aparte.] (Perdido soy si el Rey sabe
este caso. '¿Qué he de hacer?°                               What am I to do?
Industria° me ha de valer°                                   ingenuity, serve
en un negocio° tan grave.)                                   situation
    Di, vil,° ¿no bastó emprender°                           low life, take on
25  con ira y fuerza° estraña°                               compulsion, odd
tan gran traición en España
con otra noble mujer,
    sino en Nápoles también
y en el palacio real,°                                       royal
30  con mujer tan principal°?                                distinguished
¡Castíguete el cielo, amén!¹³
    Tu padre desde Castilla
a Nápoles te envió°                                          sent
y en sus márgenes° te dio                                    edges
35  tierra la espumosa° orilla°                              foamy, shore
    del mar de Italia, atendiendo°                           hoping
que el haberte recebido°                                     recibido = received
'pagaras agradecido,°                                        you might be grateful

---

¹³ **Castíguete el cielo...** *May heaven punish you, amen!*

¡y estás su honor ofendiendo,
y en tan principal mujer!
Pero en aquesta° ocasión              esta
nos daña° la dilación,°              hurts, delay
5             mira qué quieres hacer.

DON JUAN        No quiero daros disculpa,
que la habré de dar siniestra.°       underhandedly
Mi sangre es, señor, la vuestra;
sacalda° y pague la culpa.°       **sacadla** = shed it, blame
10         A esos pies estoy rendido,°      prostrate
y ésta es mi espada,° señor.        sword

DON PEDRO    Álzate° y muestra valor,        rise
que esa humildad° 'me ha vencido.°    humbleness, has won me
¿Atreveráste° a bajar           over; will you dare
15         por ese balcón°?             balcony

DON JUAN              Sí atrevo,
que alas° en tu favor llevo.°        wings, I wear

DON PEDRO    Pues° yo te quiero ayudar.       Well
Vete a Sicilia[14] o Milán,[15]
20        donde vivas encubierto.°        undercover

DON JUAN    Luego° me iré.            immediately

DON PEDRO           ¿Cierto?

DON JUAN             Cierto.

DON PEDRO    Mis cartas avisarán°        will advise
25        en qué para° este suceso        ends up
triste, que causado has.[16]

DON JUAN    [*Aparte.*] (Para mí alegre, dirás.)
Que tuve culpa confieso.°        I confess

DON PEDRO    Esa mocedad° te engaña,      youthfulness
30        baja pues° ese balcón.         then

DON JUAN    Con tan justa° pretensión,°      fair, settlement
gozoso° 'me parto° a España.      gladly, I leave

---

[14] Sicily is a large Mediterranean island to the southwest of Italy's mainland. Like Naples, Sicily was not a Spanish possession when the play takes place, but it was a Spanish possession when the play was written.

[15] Milan is a city in northern Italy. Like Naples and Sicily, Milan was a Spanish possession at the time that *Burlador* was written and first performed, not at the time of the play's action.

[16] The juxtaposition of the auxiliary verb (*has*) and the past participle (*causado*) is a rhetorical technique commonly used in Golden Age literature.

*[Vase don Juan y entra el Rey.]*

| | | |
|---|---|---|
| DON PEDRO | Ya ejecuté,° gran señor, | I implemented |
| | tu justicia justa y recta° | right |
| | en el hombre. | |
| 5 REY | ¿Murió? | |
| DON PEDRO | Escapóse | |
| | de las cuchillas° soberbias.° | knives, spirited |
| REY | '¿De qué forma?'° | In what way? |
| DON PEDRO | Desta[17] forma: | |
| 10 | aun no lo mandaste apenas,° | hardly |
| | cuando, sin dar más disculpa, | |
| | la espada en la mano aprieta.° | clenches |
| | Revuelve° la capa° al brazo, | he twirls, cape |
| | y con gallarda° presteza,° | graceful, speed |
| 15 | ofendiendo a los soldados, | |
| | y buscando su defensa, | |
| | viendo vecina° la muerte, | imminent |
| | por el balcón de la huerta° | garden |
| | 'se arroja° desesperado.° | he hurls himself, des- |
| 20 | Siguióle con diligencia° | pairing; diligence |
| | tu gente; cuando salieron | |
| | por esa vecina° puerta, | neighboring |
| | le hallaron° agonizando° | they found, agonizing |
| | como enroscada° culebra.° | coiled, snake |
| 25 | Levantóse, y 'al decir° | upon saying |
| | los soldados «¡Muera! ¡Muera!», | |
| | bañado de sangre el rostro,° | face |
| | con tan heroica presteza | |
| | se fue; que quedé° confuso.° | I was left, confused |
| 30 | La mujer, que es Isabela, | |
| | —que para admirarte nombro[18]— | |
| | retirada° en esa pieza,° | withdrawn, room |
| | dice que es el Duque Octavio | |
| | que con engaño° y cautela° | deceit, cunning |

---

[17] In the Spanish Golden Age, there were more forms of contraction with *de* than there are in modern times. The word **desta** would be rendered *de esta* in modern Spanish.

[18] **Para...** *by saying her name I shock you*

|  | la gozó. |  |
|---|---|---|
| REY | ¿Qué dices? |  |
| DON PEDRO | Digo |  |
|  | lo que 'ella propia° confiesa. | she herself |
| 5 REY | [*Aparte.*] (¡Ah, pobre honor! Si eres alma |  |
|  | del hombre, ¿por qué te dejan° | abandon |
|  | en la mujer inconstante,° | fickle |
|  | si es 'la misma ligereza°?) | fickleness itself |
|  | ¡Hola!° | Hearken! |

10

[*Sale un criado.*]

|  |  |  |
|---|---|---|
| CRIADO | ¡Gran señor! |  |
| REY | Traed |  |
|  | delante de mi presencia |  |
|  | esa mujer. |  |
| 15 CRIADO | Ya la guardia |  |
|  | viene, gran señor, con ella. |  |

[*Trae la guarda a Isabela.*]

|  |  |  |
|---|---|---|
| ISABELA | [*Aparte.*] (¿Con qué ojos veré al rey?) |  |
| REY | Idos,° y guardad la puerta | go away |
| 20 | de esa cuadra.°—Di, mujer, | room |
|  | ¿qué rigor,° qué airada° estrella° | harshness, angry, star |
|  | 'te incitó° que en mi palacio, | moved you |
|  | con hermosura° y soberbia,° | beauty, arrogance |
|  | profanases sus umbrales°?[19] | thresholds |
| 25 ISABELA | Señor... |  |
| REY | Calla, que la lengua |  |
|  | no podrá dorar° el yerro° | gild, error |
|  | que has cometido en mi ofensa. |  |
|  | Aquél era el Duque Octavio. |  |
| 30 ISABELA | Señor... |  |
| REY | ¡No importan fuerzas,° | fortresses |
|  | guardas, criados, murallas,° | ramparts |
|  | fortalecidas° almenas° | fortified, battlements |

[19] **Profanases...** *that you might defile her thresholds*

|   | | |
|---|---|---|

para amor, que la° de un niño[20]   the strength
hasta° los muros° penetra!   even, walls
Don Pedro Tenorio, 'al punto°   immediately
a esa mujer llevad presa°   prisoner
5   a una torre,° y con secreto   tower
haced que al Duque le prendan;
que quiero hacer que le cumpla
la palabra o la promesa.

ISABELA   Gran señor, volvedme el rostro.
10 REY   Ofensa 'a mi espalda° hecha   behind my back
es justicia y es razón
castigalla[21] 'a espaldas vueltas.°   **castigarla**, with my back
   turned

[*Vase el Rey.*]

15 DON PEDRO   Vamos, Duquesa.
ISABELA   Mi culpa,
no hay disculpa 'que la venza.°   that may overcome it
Mas no será el yerro tanto
si el Duque Octavio lo enmienda.°   amends it

20   [*Vanse, y sale el Duque Octavio y Ripio, su criado.*]

RIPIO   ¿'tan de mañana,° señor,   so early in the morning
te levantas?
OCTAVIO   No hay sosiego°   inner peace
que pueda apagar° el fuego°   extinguish, fire, passion
25   que enciende° en mi alma amor.   kindles
Porque, como al fin es niño,
no apetece° cama blanda,°   crave, soft
entre regalada° holanda,°[22]   soft, sheets
cubierta de blanco armiño.°   ermine fur
30   Acuéstate, 'no sosiega°;   he does not rest

---

[20] Refers to Cupid, the Roman god of love, frequently depicted as an infant.
[21] In cases when an object pronoun beginning with *l* is attached to the final *r* of an infinitive (as in *castigarla*), it is common in Golden Age literature to find the *-rl-* cluster transformed into *-ll-* for pronunciation purposes. This phenomenon is known as assimilation.
[22] Refers to a fabric made in Holland. It was very delicate and valued in making shirts and bedsheets

|    |         | siempre quiere madrugar°                | rise early |
|    |         | por levantarse a jugar,                 |            |
|    |         | que al fin como niño juega.             |            |
|    |         |   Pensamientos° de Isabela    | thoughts   |
| 5  |         | me tienen, amigo, en calma;             |            |
|    |         | que como vive en el alma,               |            |
|    |         | anda el cuerpo siempre 'en vela,°       | restless   |
|    |         |   guardando ausente y presente |           |
|    |         | el castillo° del honor.                 | castle     |
| 10 | RIPIO   | Perdóname, que tu amor                  |            |
|    |         | es amor impertinente.°                  | impertinent |
|    | OCTAVIO |     ¿Qué dices, necio°? | fool   |
|    | RIPIO   |               Esto digo: |   |
|    |         | Impertenencia° es amar                  | impertinence |
| 15 |         | como amas. ¿Quieres escuchar?           |            |
|    | OCTAVIO | Prosigue.°                              | continue   |
|    | RIPIO   |      Ya prosigo. |          |
|    |         |   ¿Quiérete Isabela a ti?     |            |
|    | OCTAVIO | ¿Eso, necio, has de dudar?              |            |
| 20 | RIPIO   | No, mas quiero preguntar.               |            |
|    |         | Y tú, ¿no la quieres?                   |            |
|    | OCTAVIO |           Sí. |  |
|    | RIPIO   |   Pues, no seré majadero,°    | foolish    |
|    |         | y de solar° conocido,[23]               | manor      |
| 25 |         | si pierdo yo mi sentido°                | senses     |
|    |         | por quien me quiere y la quiero.        |            |
|    |         |   Si ella a ti no te quisiera, |           |
|    |         | fuera° bien el porfialla,°              | it would be, importune |
|    |         | regalalla° y adoralla,°                 | her; flatter her, adore |
| 30 |         | y 'aguardar que se rindiera.°           | her; wait for her to |
|    |         |   Mas si los dos os queréis   | surrender  |
|    |         | con una mesma° igualdad,°               | misma, reciprocity |
|    |         | dime, ¿hay más dificultad               |            |
|    |         | de que luego os desposéis?[24]          |            |
| 35 | OCTAVIO |   Eso fuera, necio, a ser     |            |
|    |         | de lacayo° o lavandera°                 | lackey, washerwoman |
|    |         | la boda.                                |            |

---

[23] **De solar conocido** *A first-class idiot*
[24] **¿Hay más dificultad...?** *What is keeping you from getting married?*

RIPIO      Pues, ¿es quienquiera°                    any woman
           una 'lavandriz mujer°?                    washerwoman
           ¿Lavando y fregatrizando,°                scouring
           defendiendo y ofendiendo,
5          los paños° suyos tendiendo,°              clothes, hanging out to
           regalando° y remendando°?                 dry, fussing over, mend-
           Dando dije, porque al dar                    ing
           no hay cosa que se le iguale°;            equals
           y si no, a Isabela dale,
10         a ver si sabe tomar.

               [*Sale su criado.*]

CRIADO     El Embajador de España
           en este punto 'se apea°                   dismounts (from a
           en el zaguán,° y desea                       horse, vestibule
15         —con ira y fiereza° estraña—              ferocity
           hablarte; y si no entendí
           yo mal,° entiendo es prisión.             poorly
OCTAVIO    ¡Prisión! Pues, ¿por qué ocasión?
           Decid que entre.

20             [*Entra don Pedro Tenorio con guardas.*]

DON PEDRO               Quien así
           con tanto descuido° duerme                carelessness
           limpia tiene la conciencia.°              conscience
OCTAVIO    Cuando viene Vuexcelencia°                **Vuestra Excelencia**
25         a honrarme y favorecerme,°                protect me
           no es justo que duerma yo;
           velaré° toda mi vida.                     I will stay awake
           ¿A qué y por qué es la venida°?           visit
DON PEDRO  Porque aquí el Rey me envió.
30 OCTAVIO Si el Rey, mi señor, 'se acuerda
           de mí° en aquesta ocasión,                remembers me
           será justicia y razón
           que por él la vida pierda.
           Decidme, señor, ¿qué dicha°               good luck
35         o qué estrella me 'ha guiado°             has guided
           que de mí el Rey se ha acordado?
DON PEDRO  Fue, Duque, vuestra desdicha.°            misfortune

|  | | |
|---|---|---|
| | Embajador del Rey soy; | |
| | dél os traigo una embajada.° | mission |
| OCTAVIO | Marqués, no me inquieta° nada; | disturbs |
| | decid, que aguardando° estoy. | waiting |
| 5   DON PEDRO | A prenderos me ha enviado | |
| | el Rey; 'no os alborotéis.° | don't get upset |
| OCTAVIO | ¡Vos por el Rey me prendéis! | |
| | Pues, ¿en qué he sido culpado? | |
| DON PEDRO | Mejor lo sabéis que yo. | |
| 10 | Mas por si acaso me engaño, | |
| | escuchad el desengaño° | disillusion, truth |
| | y a lo que el Rey me envió. | |
| | Cuando los negros Gigantes,° | giants |
| | plegando° funestos° toldos° | folding, mournful, tents |
| 15 | y del crepúsculo° huían,° | twilight, were fleeing |
| | tropezando° unos con otros, | stumbling |
| | estando yo con 'su Alteza,° | his Majesty the King |
| | tratando ciertos negocios° | business |
| | —porque Antípodas° del Sol[25] | antipodes |
| 20 | son siempre los poderosos°— | men in power |
| | voces de mujer oímos, | |
| | cuyos° ecos, menos roncos° | whose, hoarse |
| | por los artesones° sacros,° | coffered ceilings, sacred |
| | nos repitieron° «¡Socorro°!»[26] | repeated, help |
| 25 | A las voces y al ruido | |
| | acudió,° Duque, el Rey propio°; | responded, himself |
| | halló a Isabela en los brazos | |
| | de algún hombre poderoso.° | powerful |
| | Mas quien al cielo se atreve | |
| 30 | sin duda es Gigante[27] o monstruo. | |
| | Mandó el Rey que los prendiera; | |

---

[25] The word **antípodas** refers to a person or thing diametrically opposed to another, or at the opposite extreme from another. In this case, then, **Antípodas del Sol** refers to the notion that men in power (*los poderosos*) do their most significant work at night.

[26] **Cuando los negros Gigantes...** *At daybreak, when I was working with the King on certain business matters—men in power work into the night—, we heard the shouts of a woman; the echoes, audible throughout the palace, carried her calls for help*

[27] **Gigante** is a reference to the Titans of Greek myth, who rose against their parents, rulers of the universe.

quedé con el hombre solo.
Llegué y quise desarmalle,°                          **desarmarlo** = disarm him
pero pienso que el demonio°                          devil
en él tomó forma° humana,                            form
pues que, vuelto° en humo° y polvo,°                 turned, smoke, dust
se arrojó por los balcones,
entre los pies de esos olmos°                        elms
que coronan° del palacio                             tower over
los chapiteles° hermosos.                            spires
Hice prender la Duquesa[28]
y en la presencia de todos
dice que es el Duque Octavio
el que 'con mano de esposo°                          promising to marry her
la gozó.

OCTAVIO              ¿Qué dices?
DON PEDRO                          Digo
lo que al mundo es ya notorio°                       well known
y que tan claro se sabe:
que Isabela por mil modos°...                        ways
OCTAVIO      Dejadme. No me digáis
tan gran traición de Isabela.
Mas si fue su amor cautela,°                         deception
proseguid. ¿Por qué calláis?
Mas si veneno° me dais,                              poison
que a un firme corazon toca,
y así a decir me provoca,
que imita a la comadreja,°                           weasel
que concibe° por la oreja                            conceives
para parir° por la boca.[29]                         give birth

---

[28] **Hice...** *I had the Duchess arrested*
[29] **Que imita a la comadreja...** Reference to the ancient legend of the weasel.
In the *Metamorphoses* Ovid explains that the goddess Juno sought to punish
Alcmena for having relations with the god Jove and bearing his child. At the time
of childbirth, Juno sent Lucina to Alcmena's threshold, and there—at Juno's
bidding—Lucina used sorcery to delay the baby's delivery and thus to kill
Alcmena. Galanthis, a peasant girl in attendance at Alcmena's childbirth,
encountered Lucina, detected her malevolent role and deceived her in order to lift
the curse and save Alcmena. When Lucina realized that she had been lied to,
Galanthis was turned into a weasel and condemned to give birth to weasels
through her lips

¿Será verdad que Isabela,
alma, 'se olvidó de mí°                        forgot about me
para darme muerte? Sí.
Que el bien° suena° y el mal° vuela.°          goodness, rings out, evil,
5  Ya el pecho nada recela°                         flies; suspects
juzgando 'si son antojos°;                     that it is imagination
que por darme más enojos,°                     annoyance
al entendimiento° entró                        mind
y por la oreja escuchó
10  lo que acreditan° los ojos.                      vouch for
      Señor Marqués, ¿es posible
que Isabela me ha engañado,
y que mi amor 'ha burlado°?                    has mocked
¡Parece cosa imposible!
15  ¡Oh, mujer! ¡Ley tan terrible
de honor, a quien me provoco
a emprender! Mas ya no toco
en tu honor esta cautela.
¡Anoche con Isabela
20  hombre en palacio! ¡Estoy loco!

DON PEDRO      Como es verdad que en los vientos
hay aves,° en el mar peces,                    birds
que participan a veces
de todos cuatro elementos;[30]
25  como en la gloria hay contentos,
lealtad° en el buen amigo,                     loyalty
traición en el enemigo,
en la noche escuridad,°                        obscuridad = darkness
y en el día claridad,
30  así es verdad lo que digo.

OCTAVIO        Marqués, yo os quiero creer.
No hay cosa que me espante°;                   scares
que la mujer más constante°                    faithful
es, 'en efeto,° mujer.                         after all
35  No me queda más que ver,
pues es patente° mi agravio.°                  obvious, affront, offense

DON PEDRO      Pues que sois prudente y sabio,°   wise

---

[30] The four elements are earth, air, water, and fire.

elegid el mejor medio.[31]

OCTAVIO        Ausentarme es mi remedio.°                    remedy
DON PEDRO      Pues, sea presto,° Duque Octavio              quick
OCTAVIO           'Embarcarme quiero° a España               I want to set sail
5              y darle° a mis males° fin.                    darles, misfortunes
DON PEDRO      Por la puerta del jardín,
               Duque, esta prisión se engaña.
OCTAVIO        ¡Ah, veleta°! ¡Débil caña°!                   weathervane, reed
               A más furor me provoco,
10             y estrañas provincias toco,
               huyendo° desta cautela.                       fleeing
               ¡Patria,° adiós! ¡Con Isabela                 homeland
               hombre en palacio! ¡Estoy loco!

               [*Vanse, y sale Tisbea, pescadora,° con una 'caña de*      fisherwoman
15             *pescar° en la mano. Costa mediterránea de España.*]       fishing rod

TISBEA             Yo, de cuantas el mar
               —pies de jazmín° y rosa—                      jasmine
               en sus riberas° besa                          shores
               con fugitivas° olas,°                         fleeting, waves
20             sola de amor esenta,°                          exenta = deprived
               como en ventura° sola,                        happiness
               tirana° 'me reservo°                          tyrant, I spare myself
               de sus prisiones locas,
               aquí donde el sol pisa°                        treads
25             soñolientas° las ondas,°                       sleepy, waves
               alegrando° zafiros°                            spiriting, blue waters
               las que espantaba sombras.[32]
               Por la menuda° arena°                          minute, sand
               —unas veces aljófar°                           dewdrops
30             y átomos° otras veces                          small particles
               del sol, que así le adora—
               oyendo de las aves

---

[31] **Elegid...** *Choose the best means of resolving this situation*

[32] **Yo, de cuantas el mar...** *I, of all of the fisherwomen on these shores whose feet the sea kisses, I—of white and rose-colored feet—am the only one who lives free from love, and I am the only one who is happy. Here, where the sunrise banishes darkness and restores sapphire blue to the half-asleep waves, I stay away from love and its crazy chains*

las quejas° amorosas,     laments
y los combates° dulces     combats
del agua entre las rocas°;     crags
ya con la sutil° caña     delicate
5   que al débil peso dobla°     bends
del necio° pececillo°     silly, little fish
que el mar salado° azota°;     salty, lashes
o ya con la atarraya°     casting net
—que en sus moradas° hondas°     dwellings, deep
10   prenden cuantos habitan°     dwell
aposentos° de conchas°—     shells, shellfish
segura me entretengo.[33]
Que en libertad se goza
el alma; que amor aspid°     asp, snake
15   no le ofende ponzoña.[34]
En pequeñuelo° esquife,°     very small, skiff, boat
y ya en compañía de otras,
tal vez al mar le peino
la cabeza espumosa.[35]
20   Y cuando más perdidas
querellas° de amor forman,     complaints
como de todos río,
envidia° soy de todas.     envy
¡Dichosa° yo mil veces,     lucky
25   amor, pues me perdonas,
si ya, por ser humilde,°     humble
no desprecias° mi choza°!     scorn, hut
Obeliscos° de paja,°     obelisks, straw
mi edificio coronan°     crown
30   nidos,° si no hay cigarras,°     nests, locusts
o tortolillas° locas.     little doves
Mi honor conservo en pajas

---

[33] **Por la menuda arena...** *I take safe refuge on this dew-covered and sun-drenched sand, listening to the love laments of the birds, and to the sweet struggle of water between the crags. Sometimes I can be found with the delicate fishing rod, bent by the slight weight of the silly little fish that the salty sea sends forth; sometimes I can be found with the casting net, because the net's deep cavities capture all of the shellfish below*

[34] **Que en libertad...** *My soul revels in liberty; love does not, like an asp, sting it with its poison*

[35] **Al mar le peino...** *Sometimes, in a small boat, I set sail in some other girls' company*

como fruta sabrosa,°      tasty
vidrio° guardado en ellas      glassware
para que no se rompa.
De cuantos pescadores
5   con fuego° Tarragona[36]      lights
de piratas defiende
en la argentada° costa,      silvery
desprecio° soy, encanto,°      contempt, enchantment
a sus suspiros° sorda,°      sighs, deaf
10   a sus ruegos° terrible,      supplications
a sus promesas roca.
Anfriso, a quien el cielo
con mano poderosa,
prodigio° en cuerpo y alma,      marvel
15   dotado en gracias° todas,      graces
medido° en las palabras,      measured
liberal° en las obras,°      generous, actions
sufrido° en los desdenes,°      patient, disdains
modesto en las congojas,°      anguish
20   mis pajizos° umbrales,      straw-covered
que heladas noches ronda,°      serenades
a pesar de los tiempos,°      weather
las mañanas remoza.°      brightens up
Pues con ramos° verdes,      boughs
25   que de los olmos corta,°      cuts off
mis pajas amanecen°      wake up
ceñidas° de lisonjas.°      surrounded, flatteries
Ya con vigüelas° dulces      **vihuelas** = guitars
y sutiles zampoñas°      rustic flutes
30   músicas me consagra°      devotes
y todo no me importa,
porque en tirano° imperio°      tyrannical, empire
vivo 'de amor señora,°      mistress over love
que hallan gusto en sus penas,
35   y en sus infiernos° gloria.      personal hell
Todas por él se mueren,
y yo, todas las horas,

---

[36] Tarragona is a Mediterranean coastal community in Spain, southwest of Barcelona.

le mato con desdenes,
de amor condición propia.
Querer donde aborrecen,°                                    they abhor
despreciar donde adoran,
5   que si le alegran muere,
y vive si le oprobian.°                                     they shame
En tan alegre día,
segura de lisonjas,
mis juveniles° años                                         youthful
10  amor no los malogra°;                                   waste
que en edad tan florida,°                                   youthful
amor, no es suerte° poca                                    luck
no ver tratando en redes°                                   nets, snares
las tuyas amorosas.[37]
15  Pero necio discurso,°                                   speech
que mi ejercicio° estorbas,°                                task (fishing), you im-
en él no me diviertas°                                           pede; distract
en cosa que no importa.
Quiero entregar° la caña                                    hand over
20  al viento, y a la boca
del pececillo el cebo.°                                     bait
Pero al agua se arrojan
dos hombres de una nave,°                                   boat
antes que el mar la sorba,°                                 swallows up
25  que sobre el agua viene
y en un escollo° aborda.°                                   reef, approaches
Como hermoso pavón,°                                        peacock
hacen las velas° cola,°                                     sails, tailfeathers
adonde los pilotos
30  todos los ojos° pongan.                                 eyes, sail ringlets
Las olas va escarbando,°                                    scraping, scratching
y ya su orgullo° y pompa                                    pride
casi la desvanecen°;                                        overwhelm
agua un costado° toma.                                      side
35  Hundióse° y dejó al viento                              it sank
la gavia,[38] que la escoja

---

[37] **Las tuyas amorosas...** *Your (love's) amorous flatteries*
[38] Refers not only to the main topsail (used as a lookout point) of a ship, but also to a madman's cage.

para morada suya;
que un loco en gavias mora.°                                    dwells
[*Dentro.*³⁹] (¡Que 'me ahogo°!)                                I'm drowning
Un hombre al otro aguarda
5   que dice que se ahóga.
¡Gallarda cortesía°!                                            politeness
En los hombros° le toma.                                       shoulders
Anquises le hace Eneas,
si el mar está hecho Troya.⁴⁰
10  Ya, nadando, las aguas
con valentía° corta,°                                          valor, cuts through
y en la playa no veo
quien le ampare° y socorra.°                                   protect, assist
Daré voces: «¡Tirseo,
15  Anfriso, Alfredo! ¡Hola!»
Pescadores me miran,
i'plega a Dios° que me oigan!                                  may it please God
Mas milagrosamente°                                            miraculously
ya tierra los dos toman,
20  sin aliento° el que nada,                                  breath
con vida el que 'le estorba.°                                  holds him back

[*Saca en brazos Catalinón a don Juan, mojados°*]              wet

CATALINÓN          ¡Válgame la Cananea⁴¹

---

³⁹ The stage direction *dentro* means that a cry or utterance is heard from far away, usually off-stage.

⁴⁰ According to Greek legend, after the fall of Troy, Aeneas saved the life of his father Anchises from the ensuing fire and slaughter by carrying him on his shoulders.

⁴¹ **¡Válgame la Cananea...!** *May the Canaanite woman protect me, and how salty is the sea!* The Canaanite woman whom Catalinón mentions appears in the New Testament in the gospels of Matthew 15:21-28 and Mark 7:24-30. In the latter gospel, she is called a "Syro-Phoenician," but traditionally she is referred to as the "Canaanite woman." The woman beseeches Jesus to heal her daughter, whom she believes is possessed by a demon. Jesus at first seems to put her off, saying that it is not right to give the children's bread to the dogs. The "children" referred to are the Jews, the "bread" is Jesus, and the dogs, Gentiles. The Canaanite woman's famous response is that even dogs get the crumbs that the children spill on the floor. Jesus tells the woman her remark shows how great her faith is and heals her daughter of the demonic possession. In Christian tradition she is revered as a

y qué salado está el mar!
Aquí puede bien nadar
el que salvarse° desea;     *to save himself*
que 'allá dentro° es desatino.°     *out at sea, folly*
5   Donde la muerte 'se fragua,°     *is forged*
donde Dios juntó tanta agua,
¿no juntara tanto vino?
    Agua salada, ¡estremada°     **estremada** = extreme
cosa para quien no pesca!
10   Si es mala aun el agua fresca,
¿qué será el agua salada?
    ¡Oh, quien hallara una fragua°     *forge*
de vino, aunque algo encendido°!     *burning red*
Si de la agua que he bebido
15   escapo yo, ¡no más agua!
    Desde hoy abernuncio° della;     *I renounce (Latinism)*
que la devoción me quita°     *takes away*
tanto, que ¡agua bendita°     *blessed*
no pienso ver por no vella°!     **verla**
20   ¡Ah, señor!...Helado y frío
está. ¿Si estará muerto?
Del mar fue este desconcierto,°     *confusion*
y mío este desvarío.°     *madness*
    ¡'Mal haya aquel° que primero     *a curse on he who*
25   pinos° en la mar sembró,°     *ship masts, planted*
y que sus rumbos° midió°     *domain, measured*
con quebradizo° madero°!     *breakable, log*
    ¡'Maldito sea° el vil sastre°     *cursed be, tailor*
que cosió° el mar que dibuja°     *stitched together,*
30   con astronómica° aguja,°     *sketches; astronomical,*
causa de tanto desastre!     *needle*
    ¡Maldito sea Jasón,
y Tifis maldito sea![42]

---

symbol of perseverance, humility, and faith. It is not known if Catalinón's invocation of her is meant to be humorous (it does not appear to be a common expression of the period) or not. As she would have been an oppressed minority where she lived, it is possible that a downtrodden servant would have identified with her. (Contributed by Kathleen Spinnenweber)

[42] According to legend, Jason was the first navigator to cross the sea in a long ship. Tiphys was the first helmsman of Jason's ship, the Argo.

|              |                                                    |                    |
|--------------|----------------------------------------------------|--------------------|
|              | Muerto está, no hay quien lo crea.                 |                    |
|              | ¡Mísero° Catalinón!                                | unhappy            |
|              | ¿Qué he de hacer?                                  |                    |
| TISBEA       | Hombre, ¿qué tienes?                               |                    |
| 5 CATALINÓN  | En desventuras° iguales,                           | misfortunes        |
|              | pescadora, muchos males,                           |                    |
|              | y falta de muchos bienes.                          |                    |
|              | Veo, 'por librarme a mí,°                          | for having saved me|
|              | sin vida a mi señor. Mira                          |                    |
| 10           | si es verdad.                                      |                    |
| TISBEA       | No, que aún respira.°                              | breathes           |
| CATALINÓN    | ¿Por dónde? ¿Por aquí?                             |                    |
| TISBEA       | Sí;                                                |                    |
|              | pues, ¿por dónde?                                  |                    |
| 15 CATALINÓN | Bien podía                                         |                    |
|              | respirar por otra parte.                           |                    |
| TISBEA       | Necio estás.                                       |                    |
| CATALINÓN    | Quiero besarte                                     |                    |
|              | las manos de nieve fría.                           |                    |
| 20 TISBEA    | Ve° a llamar los pescadores                        | go                 |
|              | que en aquella choza están.                        |                    |
| CATALINÓN    | Y si los llamo, ¿vernán°?                          | **vendrán**        |
| TISBEA       | Vendrán presto. 'No lo ignores.°                   | count on it        |
|              | ¿Quién es este caballero?                          |                    |
| 25 CATALINÓN | Es hijo aqueste señor                              |                    |
|              | del 'Camarero mayor°⁴³                             | main chamberlain   |
|              | del Rey, por quien ser espero                      |                    |
|              | antes de seis días Conde                           |                    |
|              | en Sevilla, donde va,                              |                    |
| 30           | y adonde su Alteza está,                           |                    |
|              | si a mi amistad corresponde.°                      | reciprocates       |
| TISBEA       | ¿Cómo se llama?                                    |                    |
| CATALINÓN    | Don Juan                                           |                    |
|              | Tenorio.                                           |                    |
| 35 TISBEA    | Llama mi gente.                                    |                    |
| CATALINÓN    | Ya voy.                                            |                    |

---

⁴³ It was considered a great mark of honor and prestige to be the king's main chamberlain. The main chamberlain helped to dress and undress the king, and was continuously in the king's company throughout the day.

*[Vase. Coge° en el regazo° Tisbea a don Juan.]*      places, lap

| | | |
|---|---|---|
| TISBEA | Mancebo° excelente, | young man |
| | gallardo, noble y galán°: | gallant |
| | 'Volved en vos,° caballero. | recover your senses |
| 5   DON JUAN | ¿Dónde estoy? | |
| TISBEA | Ya podéis ver; | |
| | en brazos de una mujer. | |
| DON JUAN | Vivo en vos, si en el mar muero. | |
| | Ya perdí todo el recelo° | fear |
| 10 | que me pudiera anegar,° | drown |
| | pues del infierno del mar | |
| | salgo a vuestro claro cielo. | |
| | Un espantoso° huracán | frightful |
| | 'dio con° mi nave 'al través° | hit, straight through |
| 15 | para arrojarme a esos pies | |
| | que abrigo° y puerto° me dan. | shelter, refuge |
| | Y en vuestro divino oriente[44] | |
| | renazco,° y no hay que espantar, | I am reborn |
| | pues veis que hay de amar a mar | |
| 20 | una letra solamente. | |
| TISBEA | Muy grande aliento° tenéis | vigor |
| | para venir sin aliento | |
| | y tras° de tanto tormento° | after, storm |
| | mucho tormento ofrecéis. | |
| 25 | Pero si es tormento el mar | |
| | y son sus ondas crueles, | |
| | la fuerza° de los cordeles[45] | strength |
| | pienso que os hacen hablar. | |
| | Sin duda que habéis bebido | |
| 30 | del mar la oración° pasada, | speech |
| | pues, por ser de agua salada, | |
| | con tan grande sal ha sido. | |
| | Mucho habláis cuando no habláis, | |
| | y cuando muerto venís | |
| 35 | mucho 'al parecer° sentís. | apparently |
| | ¡Plega a Dios que no mintáis! | |

---

[44] The East, where the sun rises.
[45] The ropes of the rack, a torture device.

|  |  |  |
|---|---|---|
|  | Parecéis caballo griego[46] |  |
|  | que el mar a mis pies desagua,° | flows into |
|  | pues venís formado de agua, |  |
|  | y estáis preñado° de fuego. | bursting |
| 5 | Y si mojado abrasáis° | you burn |
|  | estando enjuto,° ¿qué haréis? | dry like wood |
|  | Mucho fuego prometéis.° | you promise |
|  | ¡Plega a Dios que no mintáis! |  |
| DON JUAN | A Dios, zagala,° pluguiera | young lady |
| 10 | que en el agua me anegara[47] |  |
|  | para que cuerdo° acabara | sane |
|  | y loco en vos no muriera; |  |
|  | que el mar pudiera anegarme |  |
|  | entre sus olas de plata |  |
| 15 | que sus límites desata,° | lets loose |
|  | mas no pudiera abrasarme. |  |
|  | Gran parte del sol mostráis, |  |
|  | pues que el sol 'os da licencia,° | gives you permission |
|  | pues sólo con la apariencia, |  |
| 20 | siendo de nieve, abrasáis. |  |
| TISBEA | Por más helado que estáis, |  |
|  | tanto fuego en vos tenéis, |  |
|  | que en este mío 'os ardéis.° | you are consumed |
|  | ¡Plega a Dios que no mintáis! | with passion |

25    [Salen Catalinón, Coridón y Anfriso, pescadores.]

|  |  |  |
|---|---|---|
| CATALINÓN | Ya vienen todos aquí. |  |
| TISBEA | Y ya está tu dueño° vivo.° | master, alive |
| DON JUAN | Con tu presencia recibo |  |
|  | el aliento que perdí. |  |
| 30 CORIDÓN | ¿Qué nos mandas? |  |
| TISBEA | Coridón, |  |

---

[46] Reference to the Trojan horse of Greek legend. The Trojan horse was a large, hollow wooden horse constructed by the Greeks to gain entrance into Troy during the Trojan War. Sinon convinced the Trojans that the horse was an offering that would strengthen Troy's defenses. The horse was taken inside, and that night warriors emerged from it and opened the city's gates to the Greek Army.

[47] **A Dios...** *I wish, young lady, that God had drowned me*

Anfriso, amigos...

CORIDÓN          Todos
buscamos por varios modos
esta dichosa ocasión.

5      Di lo que nos mandas, Tisbea;
que por labios° de clavel°          *lips, carnation red*
no lo habrás mandado a aquel
que idolatrarte desea,[48]
    apenas, cuando al momento,

10    'sin cesar,° en llano° o sierra,°        *tirelessly, plains, mount-*

surque° el mar, tale° la tierra,        *ains; he may sail, he*
pise el fuego, el aire, el viento.        *may raise*

TISBEA     [*Aparte.*] (¡Oh, qué mal me parecían
estas lisonjas ayer,

15    y hoy 'echo en ellas de ver°        *I am realizing*
que sus labios no mentían!)
    Estando, amigos, pescando
sobre este peñasco,° vi        *crag*
hundirse una nave allí,

20    y entre las olas nadando
    dos hombres. Y compasiva°        *compassionate*
di voces, y nadie oyó,
y en tanta aflición,° llegó        *grief*
libre de la furia° esquiva°        *fury, disdainful*

25    del mar, sin vida a la arena,
déste en los hombros cargado°        *carried*
un hidalgo[49] y anegado,°        *drowned*
y envuelta° en tan triste pena        *wrapped up*
a llamaros envié.

30 ANFRISO    Pues aquí todos estamos,
manda que tu gusto hagamos,
lo que pensado no fue.

---

[48] **Aquel que idolotrarte desea...** *He who yearns to idolize you*

[49] An **hidalgo** (a contraction of *hijo de algo*) was a nobleman of the lesser aristocracy: above the ordinary gentry but below the great lords. They were also known as *caballeros*, and typically enjoyed the privilege of using the title *Don* before their name. Some *hidalgos* were rich, and some were very poor; some came from ancient families (*hidalgos de sangre*), and others were vested with the distinction by the Crown (*hidalgos de carta*).

| | |
|---|---|
| TISBEA | Que a mi choza los llevemos |
| | quiero, donde agradecidos, |
| | reparemos° sus vestidos,° |
| | y a ellos regalaremos; |
| 5 | que mi padre gusta° mucho |
| | desta debida° piedad.° |
| CATALINÓN | ¡Estremada es su beldad°! |
| DON JUAN | Escucha aparte. |
| CATALINÓN | Ya escucho. |
| 10  DON JUAN | Si te pregunta quién soy, |
| | di que no sabes. |
| CATALINÓN | ¡A mí! |
| | ¿Quieres advertirme a mí |
| | lo que he de hacer? |
| 15  DON JUAN | Muerto voy |
| | por la hermosa pescadora; |
| | esta noche he de gozalla. |
| CATALINÓN | '¿De qué suerte?° |
| DON JUAN | Ven y calla. |
| 20  CORIDÓN | Anfriso, dentro de un hora |
| | los pescadores prevén° |
| | que canten y bailen. |
| ANFRISO | Vamos, |
| | y esta noche nos hagamos |
| 25 | rajas,° y palos° también.⁵⁰ |
| DON JUAN | Muerto soy. |
| TISBEA | ¿Cómo, si andáis? |
| DON JUAN | Ando en pena, como véis. |
| TISBEA | Mucho habláis. |
| 30  DON JUAN | Mucho entendéis. |
| TISBEA | ¡Plega a Dios que no mintáis! |

marginal glosses:
- we may mend, clothes
- will be pleased
- due, mercy
- beauty
- How so?
- see to it
- splinters, sticks

[*Vanse. Sale don Gonzalo de Ulloa, y el Rey don Alonso de Castilla.*⁵¹ *Sevilla.*]

REY          ¿Cómo os 'ha sucedido° en la embajada

*have things worked out*

---

⁵⁰ **Esta noche...** *Tonight let's sing and dance ourselves to shreds*
⁵¹ Alfonso XI, King of Castile and León (1312-1350).

Comendador mayor?[52]

DON GONZ.              Hallé en Lisboa[53]
al Rey don Juan,[54] tu primo, previniendo°        getting ready
treinta naves de armada.°                            fleet

5  REY                   ¿Y para dónde?

DON GONZ.   Para Goa,[55] me dijo, mas yo entiendo
que a otra empresa° más fácil apercibe.°        enterprise, perceives
A Ceuta o Tánger[56] pienso que pretende°        has intentions
cercar° este verano.                            beseige

10  REY                   Dios le ayude,
y premie° el cielo de aumentar° su gloria.      reward, increasing
¿Qué es lo que concertasteis°?            you agreed to, settled

DON GONZ.             Señor, pide        on
a Cerpa y Mora, y Olivencia y Toro;
15  y por eso te vuelve a Villaverde,
al Almendral, a Mértola y Herrera
entre Castilla y Portugal.[57]

REY                   Al punto
se firmen los conciertos,° don Gonzalo.[58]      pacts
20  Mas decidme primero cómo ha ido
en el camino; que vendréis cansado
y alcanzado° también.                      overwhelmed

DON GONZ.           Para serviros,
nunca, señor, 'me canso.°                   I get tired

25  REY                  ¿Es buena tierra
Lisboa?

---

[52] During the Middle Ages and throughout the Golden Age, military orders held a great deal of power and prestige in Spanish society. Each order was led by a *Maestre* (Master), who in turn was assisted by a *Comendador mayor* (Grand Commander).

[53] Lisbon, the capital and principal city of Portugal during the Middle Ages. It is located on the mouth of the Tagus River, near the Atlantic Ocean.

[54] Juan I of Portugal (1357-1433), son of *Pedro el Cruel* of Castile.

[55] Goa, a Portuguese colony established on the western coast of India during the sixteenth century.

[56] Ceuta and Tánger are coastal cities in North Africa, directly across the Strait of Gibraltar from Spain.

[57] Cerpa, Mora, etc. are villages located in the borderlands of Spain and Portugal.

[58] **Al punto...** *May the pacts be signed right away, don Gonzalo*

|  |  |  |
|---|---|---|
| Don Gonz. | La mayor° ciudad de España,[59] | greatest |
|  | y si mandas que diga lo que he visto |  |
|  | de lo exterior y célebre, 'en un punto° | with exacting detail |
|  | en tu presencia te pondré un retrato.° | portrait |
| 5   Rey | Gustaré de oíllo.—Dadme silla. |  |
| Don Gonz. | Es Lisboa una 'otava maravilla.° | eighth wonder |
|  | De las entrañas° de España, | inner reaches |
|  | que son las tierras de Cuenca,[60] |  |
|  | nace el caudaloso° Tajo,[61] | abundant |
| 10 | que media España atraviesa.° | runs through |
|  | Entra en el mar Océano |  |
|  | en las sagradas° riberas | sacred |
|  | de esta Ciudad, por la parte |  |
|  | del Sur; mas antes que pierda |  |
| 15 | su curso° y su claro nombre, | course of a river |
|  | hace un cuarto° entre dos sierras,[62] | sharp turn |
|  | dónde están de 'todo el Orbe° | all over the globe |
|  | barcas, naves, carabelas.° | caravels |
|  | Hay galeras° y saetías° | galleys, three-masted |
| 20 | tantas, que desde la tierra | ships |
|  | parece una gran ciudad |  |
|  | adonde Neptuno[63] reina.° | reigns |
|  | A la parte del Poniente° | the western side of the |
|  | guardan del puerto dos fuerzas | port |
| 25 | de Cascaes y Sangian,[64] |  |
|  | las más fuertes de la tierra. |  |
|  | Está, desta gran ciudad, |  |
|  | poco más de media legua° | league (*about 3 miles*) |
|  | Belén, Convento° del Santo | monastic community |
| 30 | conocido por la piedra |  |

[59] Portugal was united to Spain at the time the play was written, but not at the time the action takes place.

[60] Refers to the area surrounding the town of Cuenca, located in east-central Spain.

[61] The Tagus River begins in the mountains east of Madrid, and winds through these mountains as well as the central Meseta before entering Portugal and terminating at the Atlantic Ocean at Lisbon.

[62] **Dos sierras** Reference to the Sintra and Arrábida peaks near Lisbon

[63] In classical mythology, Neptune ruled the waters.

[64] Cascais and San Gian (São Julião, in Portuguese) are coastal towns to the west of Lisbon.

y por el León de guarda,[65]
donde los Reyes y Reinas
Católicos y Cristianos
tienen sus casas perpetuas.°[66]      eternal
5    Luego esta máquina° insigne,°      system, famous
desde Alcántara[67] comienza
una gran legua a tenderse°      to extend
al Convento de Jabregas.[68]
En medio está el valle hermoso
10    coronado de tres cuestas,°      hills
que quedara corto Apeles[69]
cuando pintarlas quisiera;
porque, miradas de lejos,
parecen piñas° de perlas°      cluster, pearls
15    que están pendientes° del cielo,      hanging
en cuya grandeza° inmensa      greatness
se ven diez Romas cifradas°      etched
en Conventos y en Iglesias,
en edificios y calles,
20    en solares y encomiendas,[70]
en las letras y en las armas,

---

[65] Refers to the Monastery of Saint Jerome (*o Mosteiro de São Jerónimo*), founded in the town of Belém in 1501. Saint Jerome, for whom the Hieronymite Order was founded, used to do penance by inflicting wounds on his chest with a flint. According to legend, the saint once befriended a lion by removing a thorn from its paw; in recognition of this legend, a sculpture of a lion was installed at the compound.

[66] The Portuguese monarchs were interred, and thus had their *casas perpetuas*, at Saint Jerome.

[67] Refers to a creek and mooring site located between Lisbon and the town of Belem.

[68] The Convent of Our Lady the Mother of God (*o Convento de Nossa Senhora da Madre de Deus*) in Xabregas, founded in 1508 or 1509 in the outskirts of Lisbon, belonged to the Franciscan Order.

[69] Apeles was the most celebrated painter of Antiquity, but none of his work is known to have survived. He was Alexander the Great's portraitist.

[70] In Medieval Iberia, an **encomienda** was jurisdiction over territory recaptured from the Moors, granted by the Crown to a private individual (an *encomendero*). From the Middle Ages through the eighteenth century, the *encomendero* typically received tribute from peasants living on the *encomienda*, in exchange for care and protection. The *encomienda* system particularly flourished in the Americas after the Conquest.

en la justicia tan recta,
y en una Misericordia°[71]                    compassion
que está honrando su ribera,
y pudiera honrar a España
5 y aun enseñar a tenerla.
Y en lo que yo más alabo°                    praise
desta máquina soberbia,
es que del mismo castillo,
en distancia de seis leguas,
10 se ven sesenta lugares
que llega el mar a sus puertas,
uno de los cuales es
el Convento de Odivelas,[72]
en el cual vi por mis ojos
15 seiscientas y treinta celdas,°                    small rooms
y entre monjas° y beatas°                    nuns, lay sisters
'pasan de° mil y docientas.                    they total over
Tiene desde allí a Lisboa,
en distancia muy pequeña,
20 mil y ciento y treinta quintas,°                    villas
que en nuestra provincia Bética[73]
llaman cortijos,° y todas                    farmhouses
con sus huertos° y alamedas.°                    small orchards, parks
En medio de la ciudad
25 hay una plaza soberbia
que se llama del *Ruzío*,[74]
grande, hermosa y 'bien dispuesta,°                    well appointed
que habrá cien años y aun más
que el mar bañaba su arena,
30 y ahora della a la mar
hay treinta mil casas hechas;
que, perdiendo el mar su curso,
se tendió a partes diversas.

---

[71] Name of a large hospital for foundlings established in Lisbon in 1498.

[72] Refers to the Convent of Odivelas which, along with the Monastery of Saint Dinis of Odivelas, was built northwest of Lisbon for the Cistercian order between 1295 and 1305.

[73] Present-day Andalusia, in the south of Spain, where Seville is located.

[74] Site of a market for oriental goods. Located in the center of Lisbon, the Praça do Ruzío is now known both as Rossio and the Praça Dom Pedro IV.

Tiene una calle que llaman
*Rua Nova* o calle nueva,[75]
donde 'se cifra° el Oriente°                          manifests itself, Orient
en grandezas y riquezas°                             riches
5   tanto que el Rey me contó
que hay un mercader° en ella                         merchant
que, por no poder contarlo,
mide el dinero 'a fanegas.°                           in bushels
El terrero,°[76] donde tiene                          landing
10  Portugal su casa regia,°                          royal
tiene infinitos navíos,°                             ships
varados° siempre en la tierra,                       docked
de sólo cebada° y trigo°                             barley, wheat
de Francia y Ingalaterra.
15  Pues el Palacio Real,
que el Tajo sus manos besa,
es edificio de Ulises,[77]
que basta para grandeza,
de quien toma la ciudad
20  nombre en la latina lengua,
llamándose Ulisibona,
cuyas armas° son la esfera,°                          coat of arms, sphere
por pedestal° de las llagas°                          base, wounds
que en la batalla[78] sangrienta°                    bloody
25  al Rey don Alfonso Enríquez[79]
dio 'la Majestad inmensa.°                            God
Tiene en su gran Tarazana°                           shipyard
diversas naves, y entre ellas,
las naves de la conquista,°                           conquest
30  tan grandes, que de la tierra
miradas, juzgan° los hombres                         judge

---

[75] The Rua Nova was located in the center of Lisbon but was destroyed by the earthquake of 1755.

[76] The Terreiro do Paço (Palace Terrace), bordering the Tagus River, is known today as the Praça do Comércio (Commerce Plaza). The Royal Palace was built in the sixteenth century.

[77] Refers to the myth, very popular during the Renaissance, that Ulysses (celebrated in the *Iliad* and the *Odyssey* by Homer) founded the city of Lisbon.

[78] Refers to the Battle of Urique in 1139.

[79] Alfonso I (1111-1185), founder of the kingdom of Portugal.

que tocan en las estrellas.
Y lo que desta ciudad
te cuento por excelencia
es, que estando sus vecinos°              neighbors
5    comiendo, desde las mesas
ven los copos° del pescado               nets
que junto a sus puertos pescan,
que, bullendo° entre las redes,           bustling
vienen a entrarse por ellas;
10   y sobre todo el llegar°               arrival
cada tarde a su ribera
más de mil barcos cargados
de mercancías° diversas,                 merchandise
y de sustento° ordinario:                sustenance
15   pan, aceite,° vino y leña,°          olive oil, firewood
frutas de 'infinita suerte,°             all different kinds
nieve de Sierra de Estrella,[80]
que por las calles a gritos,°             shouts
puestas sobre las cabezas,
20   las venden. Mas, que me canso,
porque es contar las estrellas
querer contar una parte
de la ciudad opulenta.°                  wealthy
Ciento y treinta mil vecinos
25   tiene, gran señor, 'por cuenta°;     accounted for
y por no cansarte más,
un Rey que tus manos besa.
REY          Más estimo, don Gonzalo,
escuchar de vuestra lengua
30   esa relación° sucinta,°             story, brief
que haber visto su grandeza.
¿Tenéis hijos?
DON GONZ.              Gran señor,
una hija hermosa y bella,
35   en cuyo rostro divino
'se esmeró° naturaleza.                  took great care

---

[80] The Sierra de Estrella is Portugal's highest peak. Snow was brought from the mountains in winter and was stored so that in the summer it could be used to cool drinks.

| | | |
|---|---|---|
| REY | Pues yo os la quiero casar° | marry |
| | de mi mano.[81] | |
| DON GONZ. | Como sea | |
| | tu gusto, digo, señor, | |
| 5 | que yo lo aceto° por ella. | acepto = I consent |
| | Pero, ¿quién es el esposo? | |
| REY | Aunque no está en esta tierra, | |
| | es de Sevilla, y se llama | |
| | don Juan Tenorio. | |
| 10 DON GONZ. | 'Las nuevas° | the news |
| | voy a llevar a doña Ana. | |
| REY | Id 'en buen hora,° y volved, | safely |
| | Gonzalo, con la respuesta.° | response |

[*Vanse. Sale don Juan Tenorio, y Catalinón. Tarragona.*]

| | | |
|---|---|---|
| 15 DON JUAN | Esas dos yeguas° prevén, | mares |
| | pues acomodadas° son. | suitable |
| CATALINÓN | Aunque soy Catalinón,[82] | |
| | soy, señor, 'hombre de bien°; | man of honor |
| | que no se dijo por mí, | |
| 20 | «Catalinón es el hombre». | |
| | Que sabes que aquese nombre | |
| | me asienta° 'al revés° a mí.[83] | sits, backwards |
| DON JUAN | Mientras que los pescadores | |
| | van de regocijo° y fiesta, | rejoicing |
| 25 | tú las dos yeguas apresta°; | prepare |
| | que de sus pies voladores° | speedy |
| | sólo nuestro engaño fío.° | I entrust |
| CATALINÓN | Al fin, ¿pretendes gozar | |
| | a Tisbea? | |
| 30 DON JUAN | Si burlar° | to deceive, mock |
| | es hábito antiguo mío, | |
| | ¿qué me preguntas, sabiendo | |
| | mi condición°? | disposition |

---

[81] The King wishes to give Ana away in marriage to Juan Tenorio.

[82] The word **Catalinón** has many meanings, including "coward" and "big turd."

[83] **Me asienta al revés a mí**... *Does not fit me at all*

| | | |
|---|---|---|
| CATALINÓN | Ya sé que eres | |
| | castigo° de las mujeres. | scourge |
| DON JUAN | Por Tisbea estoy muriendo, | |
| | que es 'buena moza.° | good-looking girl |
| 5 CATALINÓN | ¡Buen pago | |
| | a su hospedaje° deseas! | hospitality |
| DON JUAN | ¡Necio! Lo mismo hizo Eneas | |
| | con la Reina de Cartago.[84] | |
| CATALINÓN | Los que fingís y engañáis | |
| 10 | las mujeres desa suerte, | |
| | lo pagaréis con la muerte. | |
| DON JUAN | ¡Qué largo me lo fiáis![85] | |
| | Catalinón con razón | |
| | te llaman. | |
| 15 CATALINÓN | Tus pareceres° | fancies |
| | sigue,° que en burlar mujeres | follow |
| | quiero ser Catalinón. | |
| | Ya viene la desdichada.° | unlucky woman |
| DON JUAN | Vete, y las yeguas prevén. | |
| 20 CATALINÓN | ¡Pobre mujer! Harto° bien | exceedingly |
| | te pagamos la posada.° | lodging |

[*Vase Catalinón, y sale Tisbea.*]

| | | |
|---|---|---|
| TISBEA | El rato° que sin ti estoy, | short time |
| | 'estoy ajena de mí.° | I am not at peace |
| 25 DON JUAN | Por lo que finges ansí,° | **ansí** |
| | ningún crédito te doy. | |

---

[84] In Virgil's *Aeneid*, the hero Aeneas is driven by a storm onto the shores of Africa, and is welcomed by the inhabitants of Carthage. He becomes the guest of Dido, the Queen of Carthage, and she falls in love with him and becomes his mistress. King Iarbas, jealous of Aeneas, asks Jupiter to intervene on his behalf, and soon Aeneas departs Carthage without seeing the queen again. When Dido learns that she has been abandoned, she builds a tall funeral pyre and seeks death amid the flames.

[85] **Qué largo me lo fiáis!** This phrase and its variant "¡Tan largo me lo fiáis!" are among the most highly recognized sayings from the Golden Age tradition. Martel and Alpern freely translate the phrase as, "I have time enough to repent and be saved!" Oppenheimer translates the phrase as, "The day of reckoning is far away!" Wilson explains that the rhetoric of this phrase is drawn from the world of finance, and literally means, "What long-term credit you give me!"

| TISBEA | ¿Por qué? |
|---|---|
| DON JUAN | Porque, si me amaras, |
| | mi alma favorecieras. |
| TISBEA | Tuya soy. |

5   DON JUAN             Pues, di, ¿qué esperas?
              ¿O en qué, señora, reparas?[86]

TISBEA           Reparo en que fue castigo
          de amor el que he hallado en ti.

DON JUAN        Si vivo, mi bien, en ti,
10           a cualquier cosa me obligo.
          Aunque yo sepa perder
          'en tu servicio° la vida,[87]           *while serving you*
          la diera por bien perdida,
          y te prometo de ser
15           tu esposo.

TISBEA               Soy desigual
          a tu ser.[88]

DON JUAN           Amor es Rey,
          que iguala° con justa ley           *equalizes*
20           la seda° con el sayal.°           *silk, sackcloth*

TISBEA           Casi te quiero creer,
          mas sois los hombres traidores.°           *betrayers*

DON JUAN        ¿Posible es, mi bien, que ignores°           *you don't notice*
          mi amoroso proceder°?           *conduct*
25           Hoy prendes con tus cabellos°           *hair*
          mi alma.

TISBEA              Yo a ti 'me allano°           *submit myself*
          bajo la palabra y mano
          de esposo.

30   DON JUAN        Juro, ojos bellos,
          que mirando me matáis,
          de ser vuestro esposo.

TISBEA               Advierte,°           *take heed*
          mi bien, que hay Dios y que hay muerte.

---

[86] **¿O en qué...** *Or why, lady, do you hesitate?*

[87] In Golden Age Spanish culture, the word **servicio** and related words (*servir, sirviente,* etc.) often are used in the context of a man's adoration and courtship of a woman.

[88] **Soy desigual...** *I am unequal to you in social stature*

| | | |
|---|---|---|
| Don Juan | ¡Qué largo me lo fiáis! | |
| | Y mientras Dios me dé vida, | |
| | yo vuestro esclavo° seré. | slave |
| | Esta es mi mano y mi fe. | |
| 5 Tisbea | No seré en pagarte esquiva.° | bashful |
| Don Juan | Ya en mí mismo no sosiego. | |
| Tisbea | Ven, y será la cabaña° | hut |
| | del amor que me acompaña,° | accompanies |
| | tálamo° de nuestro fuego. | bridal chamber |
| 10 | Entre estas cañas 'te esconde° | hide yourself |
| | hasta que 'tenga lugar.° | the moment arrives |
| Don Juan | ¿Por dónde tengo de entrar? | |
| Tisbea | Ven, y te diré por dónde. | |
| Don Juan | Gloria al alma, mi bien, dais. | |
| 15 Tisbea | Esa voluntad° te obligue, | determination, will |
| | y si no, Dios te castigue. | |
| Don Juan | ¡Qué largo me lo fiáis! | |

[*Vanse y sale Coridón, Anfriso, Belisa, y músicos.*]

| | | |
|---|---|---|
| Coridón | Ea, llamad a Tisbea, | |
| 20 | y los zagales° llamad | lads |
| | para que en la soledad° | homesickness |
| | el huésped° la corte° vea. | guest, court |
| Anfriso | ¡Tisbea, Usindra, Atandria! | |
| | No vi cosa más cruel. | |
| 25 | ¡Triste y mísero de aquel | |
| | que en su fuego es Salamandria![89] | |
| | Antes que el baile empecemos | |
| | a Tisbea prevengamos. | |
| Belisa | Vamos a llamarla. | |
| 30 Coridón | Vamos. | |
| Belisa | A su cabaña lleguemos. | |
| Coridón | ¿No ves que estará ocupada° | busy |
| | con los huéspedes dichosos | |
| | de quien hay mil envidiosos°? | envious men |
| 35 Anfriso | Siempre es Tisbea envidiada.° | envied |
| Belisa | Cantad algo mientras viene, | |

---

[89] It was believed that the salamander could live in fire.

|  |  |  |
|---|---|---|
| | porque queremos bailar. | |
| ANFRISO | ¿Cómo podrá descansar° | rest |
| | cuidado que celos° tiene? | jealousy |

[*Cantan.*]

5
*A pescar salió la niña*
*tendiendo° redes,*     casting
*y én lugar de° peces,*     instead of
*las almas prende.*

[*Sale Tisbea.*]

10   TISBEA

¡Fuego, fuego, que 'me quemo°!     I'm burning
¡Que mi cabaña se abrasa!
¡'Repicad a fuego,° amigos,     sound the alarm
que ya dan mis ojos agua!
Mi pobre edificio queda
15     hecho otra Troya en las llamas°;     flames
que después que faltan° Troyas     are lacking
quiere amor quemar cabañas.[90]
Mas si amor abrasa peñas°     large stones
con gran ira y fuerza estraña,
20     ¡mal podrán de su rigor
reservarse humildes pajas!
¡Fuego, zagales, fuego, agua, agua!
¡Amor, clemencia,° que se abrasa el alma!     mercy
¡Ay, choza, vil instrumento
25     de mi deshonra y mi infamia°!     infamy
¡Cueva de ladrones° fiera,°     thieves, cruel
que mis agravios ampara°!     shelters
Rayos° de ardientes° estrellas     beams, shining

---

[90] According to Greek mythology, Paris fell in love with Menelaus's wife, Helen, on a sojourn through southern Greece. Paris soon won Helen's love, and one night the two eloped to the city of Troy. This created tensions between the Greeks and the Trojans, and was the cause for the Trojan War which, in turn, led first to the fall of Troy to the Greeks, and then to the destruction of Troy by fire and slaughter.

en tus cabelleras[91] caigan,
porque abrasadas° estén,                    on fire
si del viento mal peinadas.°                 combed
¡Ah, falso huésped, que dejas
5      una mujer deshonrada!
Nube° que del mar salió                      rain cloud
para anegar mis entrañas.
¡Fuego, fuego, zagales, agua, agua!
¡Amor, clemencia, que se abrasa el alma!
10     Yo soy la que hacía siempre
de los hombres burla° tanta;                 deception, mockery
que siempre las que hacen burla
vienen a quedar burladas.
Engañóme el caballero
15     debajo de fe y palabra
de marido, y profanó°                        violated
mi honestidad° y mi cama.                    chastity
Gozóme al fin, y yo propia
le di a su rigor las alas
20     en dos yeguas que crié,°               I raised
con que me burló y se escapa.
¡Seguilde, todos, seguilde!
Mas no importa que se vaya;
que en la presencia del Rey
25     tengo de pedir venganza.°              vengeance
¡Fuego, fuego, zagales, agua, agua!
¡Amor, clemencia, que se abrasa el alma!

[*Vase Tisbea.*]

CORIDÓN        ¡Seguid al vil caballero!
30  ANFRISO     ¡Triste del que pena y calla!
Mas, ¡vive el cielo, que en él
me he de vengar° desta ingrata°!        avenge, ungrateful, wo-
Vamos tras ella nosotros,               man
porque va desesperada,
35     y podrá ser que ella vaya

---

[91] The word **cabellera** refers to a tress of hair as well as a streak of light that follows a comet.

|            | buscando mayor desgracia.° | disgrace |
| CORIDÓN | Tal fin la soberbia tiene. | |
|            | ¡Su locura° y confianza° | madness, self-confidence |
|            | paró en esto! | |

5 TISBEA      [*Dentro.*]      (¡Fuego, fuego!)

ANFRISO                                          ¡Al mar se arroja!

CORIDÓN      ¡Tisbea, détente y para!

TISBEA        ¡Fuego, fuego, zagales, agua, agua!
              ¡Amor, clemencia, que se abrasa el alma!

# JORNADA SEGUNDA

*[Sevilla. Sale el Rey don Alonso, y don Diego Tenorio, de barba.[1]]*

<blockquote>
*[handwritten margin notes: ente ansílabas, asonánte sveltas, aguda llanas]*
</blockquote>

|   |   |   |
|---|---|---|
| REY | ¿Qué me dices? | |
| DON DIEGO | Señor, la verdad digo. | |
| 5 | Por esta carta estoy del caso cierto, | |
| | que es de tu Embajador y de mi hermano; | |
| | halláronle en la cuadra del Rey mismo | |
| | con una hermosa dama de palacio. | |
| REY | '¿Qué calidad?° | What is her station? |
| 10 DON DIEGO | Señor, la Duquesa | |
| | Isabela. | |
| REY | ¿Isabela? | |
| DON DIEGO | 'Por lo menos.° | no less |
| REY | ¡Atrevimiento° temerario°! ¿Y dónde | daring, careless |
| 15 | ahora está? | |
| DON DIEGO | Señor, a 'vuestra Alteza° | your Highness |
| | 'no he de encubrille° la verdad. Anoche | I will not cover up |
| | a Sevilla llegó con un criado. | |
| REY | Ya conocéis Tenorio que 'os estimo,° | I regard you highly |
| 20 | y al Rey informaré del caso luego,[2] | |
| | casando a ese rapaz° con Isabela, | predator |
| | volviendo a su sosiego al Duque Octavio, | |
| | que inocente padece°; y luego al punto | is suffering |
| | haced que don Juan salga desterrado.° | in exile |
| 25 DON DIEGO | ¿Adónde, mi señor? | |
| REY | Mi enojo vea | |
| | en el destierro° de Sevilla; salga | exile |
| | a Lebrija esta noche,[3] y agradezca° | may he be grateful |
| | sólo al merecimiento° de su padre. | merit |

---

[1] **De barba** *advanced in age*
[2] King Alonso here is talking about the King of Naples.
[3] Lebrija is a small town to the south of Seville.

Pero, decid, don Diego, ¿qué diremos
a Gonzalo de Ulloa, 'sin que erremos°?                    without erring
Caséle con su hija,⁴ y no sé cómo
lo puedo ahora remediar.°                                 make up for it

5   DON DIEGO                        Pues mira,
gran señor, ¿qué mandas que yo haga
que esté bien al honor de esta señora,
hija de 'un padre tal°?                                   a father of such standing

REY                                Un medio tomo,
10  con que absolvello° del enojo entiendo.°              to rid him, I intend
Mayordomo mayor⁵ pretendo hazelle.

                    [Sale un criado.]

CRIADO      Un Caballero llega 'de camino,°               in travel dress
            y dice, señor, que es el Duque Octavio.
15  REY     ¿El Duque Octavio?
CRIADO                        Sí, señor.
REY                                Sin duda
que supo de don Juan el desatino,
y que viene, incitado° a la venganza,                    roused
20  a pedir que le otorgue° desafío.°                     consent to, duel
DON DIEGO   Gran señor, en tus heroicas manos
está mi vida, que mi vida propria
es la vida de un hijo inobediente;
que, aunque mozo, gallardo y valeroso,°                  valiant
25  y le llaman los mozos de su tiempo
el Héctor de Sevilla,⁶ porque ha hecho
tantas y tan estrañas mocedades,°                        youthful escapades
la razón puede mucho.⁷ No permitas
el desafío, si es posible.
30  REY                        Basta.
Ya os entiendo, Tenorio: honor de padre.
Entre el Duque.

⁴ **Caséle con su hija** *I married him [Juan] off to his [Gonzalo's] daughter*
⁵ A **mayordomo** (*majordomo*) was a head steward of a large household, such
as a palace.
⁶ Reference to the Trojan Hector, a hero known for strategic fighting during
the Greek's last year of seige of the city of Troy.
⁷ **La razón puede mucho...** *the use of reason may help to resolve things*

| | | |
|---|---|---|
| DON DIEGO | Señor, 'dame esas plantas.° | let me kiss your feet |
| | ¿Cómo podré pagar mercedes° tantas? | favors |

[*Sale el Duque Octavio de camino.*]

| | | |
|---|---|---|
| OCTAVIO | A esos pies, gran señor, un peregrino,° | traveler |
| 5 | mísero y desterrado, ofrece° el labio, | offers |
| | juzgando por más fácil el camino | |
| | en vuestra gran presencia. | |
| REY | Duque Octavio. | |
| OCTAVIO | Huyendo vengo el fiero desatino | |
| 10 | de una mujer, el no pensado agravio | |
| | de un Caballero que la causa ha sido, | |
| | de que así a vuestros pies haya venido. | |
| REY | Ya, Duque Octavio, sé vuestra inocencia. | |
| | Yo al Rey[8] escribiré que 'os restituya | reinstates you |
| 15 | en vuestro estado, puesto que el ausencia | |
| | que hicisteis algún daño° 'os atribuya.° | harm; may cause you |
| | Yo os casaré en Sevilla con licencia | |
| | y también con perdón y gracia suya; | |
| | que puesto que Isabela un ángel sea, | |
| 20 | mirando la que os doy, ha de ser fea. | |
| | Comendador mayor de Calatrava[9] | |
| | es Gonzalo de Ulloa, un caballero | |
| | a quien el moro° por temor° alaba; | Moor, fear |
| | que siempre es el cobarde° lisonjero.° | coward, flatterer |
| 25 | Éste tiene una hija en quien bastaba | |
| | en dote° la virtud,° que considero, | dowry, virtue |
| | después de la beldad, que es maravilla, | |
| | y es sol de las estrellas de Sevilla. | |
| | Ésta quiero que sea vuestra esposa.° | wife |
| 30  OCTAVIO | Cuando° este viaje le emprendiera | even if |
| | a sólo eso, mi suerte era dichosa, | |
| | sabiendo yo que vuestro gusto fuera. | pleasure |
| REY | Hospedaréis° al Duque, sin que cosa | you will give lodging |

[8] The King of Naples

[9] The Order of Calatrava (*La Órden de Calatrava*) was an important military order founded in the twelfth century to carry out the goals of the *Reconquista* as well as to defend reconquered lands from Muslim offensives.

|  |  |  |
|---|---|---|
| | en su regalo° falte. | treatment |
| OCTAVIO | Quien espera | |
| | en vos, señor, saldrá de premios° lleno.° | rewards, full |
| | Primero° Alonso sois, siendo el onceno.° | the first, eleventh |

5

*[Vase el Rey y Don Diego, y sale Ripio.]*

|  |  |  |
|---|---|---|
| RIPIO | ¿Qué ha sucedido? | |
| OCTAVIO | Que he dado | |
| | el trabajo recebido, | |
| | conforme° me ha sucedido, | in accordance with what |
| | desde hoy por bien empleado,° | invested |
| | Hablé al Rey, vióme y honróme. | |
| | César con el César fui, | |
| | pues vi, peleé° y vencí°; | I fought, I won |
| | y hace que esposa tome | |
| | de su mano, y 'se prefiere° | he offers |
| | a desenojar° al Rey[10] | appease |
| | en 'la fulminada ley.° | the decree invoked |
| RIPIO | Con razón el nombre adquiere° | against me; obtains |
| | de generoso en Castilla. | |
| | Al fin, ¿te llegó a ofrecer | |
| | mujer? | |
| OCTAVIO | Sí, amigo, Mujer | |
| | de Sevilla; que Sevilla | |
| | da, si averiguallo° quieres, | to verify it |
| | porque de oíllo 'te asombres,° | you may be amazed |
| | si° fuertes y airosos° hombres, | such, lively |
| | también gallardas mujeres. | |
| | Un manto° tapado,° un brío° | cloak, covered, spirit |
| | donde un puro sol se asconde,° | **esconde** |
| | si no es en Sevilla, '¿adónde | |
| | se admite?° El contento mío | where can it be found? |
| | es tal que ya me consuela° | consoles |
| | en mi mal. | |

10

15

20

25

30

35

*[Sale don Juan y Catalinón.]*

---

[10] The King of Naples.

| | |
|---|---|
| CATALINÓN | Señor, deténte; |
| | que aquí está el Duque, inocente |
| | Sagitario[11] de Isabela, |
| | aunque mejor le dijera |
| 5 | Capricornio.[12] |
| DON JUAN | Disimula.° |
| CATALINÓN | Cuando le vende le adula.[13] |
| DON JUAN | Como a Nápoles dejé |
| | por enviarme a llamar |
| 10 | con tanta priesa° mi Rey, |
| | y como su gusto es ley, |
| | no tuve, Octavio, lugar |
| | de 'despedirme de vos° |
| | de ningún modo. |
| 15  OCTAVIO | Por eso, |
| | don Juan, amigo os confieso; |
| | que hoy nos juntamos los dos |
| | en Sevilla. |
| DON JUAN | ¡Quién pensara, |
| 20 | Duque, que en Sevilla os viera |
| | para que en ella os sirviera, |
| | como yo lo deseara! |
| | ¿Vos Puzol,[14] vos la ribera |
| | dejáis? Mas aunque es lugar |
| 25 | Nápoles tan excelente, |
| | por Sevilla solamente |
| | se puede, amigo, dejar. |
| OCTAVIO | Si en Nápoles os oyera, |
| | y no en la parte que estoy, |
| 30 | del crédito que ahora os doy |
| | sospecho° que 'me riera.° |
| | Mas llegándola a habitar, |

act as if nothing has
happened

prisa = haste

say good-bye to you

I suspect, one might
laugh

---

[11] In slang at the time, "sagitario" referred to a delinquent who was condemned to punishment (such as a whipping) in the streets. In Greek myth, Sagittarius (the Archer) was the constellation into which Chiron, an innocent victim, was transformed by Zeus.

[12] Capricorn (the Horned Goat) suggests cuckoldry

[13] **Cuando...** *he adulates the very man he betrays.* Catalinón makes this comment because Juan gives Octavio a warm handshake.

[14] Italian Pozzuoli, a town south of Naples on the Gulf of Naples.

|   |   |   |   |
|---|---|---|---|
|   |   | es, por lo mucho que alcanza,° | hits the mark |
|   |   | corta cualquiera alabanza° | praise |
|   |   | que a Sevilla queréis dar. |   |
|   |   | ¿Quién es el que viene allí? |   |
| 5 | DON JUAN | El que viene es el Marqués |   |
|   |   | de la Mota. Descortés° | impolite |
|   |   | 'es fuerza° ser. | it is necessary |
|   | OCTAVIO | Si de mí |   |
|   |   | algo hubiereis menester,° | need |
| 10 |   | aquí espada y brazo está. |   |
|   | CATALINÓN | [Aparte.] (Y si importa, gozará |   |
|   |   | en tu nombre otra mujer; |   |
|   |   | que tiene buena opinión.) |   |
|   | DON JUAN | De vos estoy satisfecho.° | grateful |
| 15 | CATALINÓN | Si fuere de algún provecho,° | advantage |
|   |   | señores, Catalinón, |   |
|   |   | Vuarcedes° continuamente | **Vuestras mercedes** |
|   |   | me hallarán para servillos. |   |
|   | RIPIO | ¿Y dónde? |   |
| 20 | CATALINÓN | En los Pajarillos, |   |
|   |   | tabernáculo° excelente. | little tavern |

[*Vase Octavio y Ripio, y sale el Marqués de la Mota.*]

|   |   |   |   |
|---|---|---|---|
|   | MOTA | Todo hoy 'os ando buscando,° | I've been looking for |
|   |   | y no os he podido hallar. | you |
| 25 |   | ¿Vos, don Juan, en el lugar, |   |
|   |   | y vuestro amigo penando° | fretting |
|   |   | en vuestra ausencia? |   |
|   | DON JUAN | ¡Por Dios, |   |
|   |   | amigo, que me debéis |   |
| 30 |   | esa merced que me hacéis! |   |
|   | CATALINÓN | [Aparte.] (Como° no le entreguéis vos | provided that |
|   |   | moza o cosa 'que lo valga,° | that entices him |
|   |   | bien podéis 'fiaros dél°; | have confidence in him |
|   |   | que en cuanto en esto es cruel, |   |
| 35 |   | tiene condición hidalga.) |   |
|   | DON JUAN | ¿Qué hay de Sevilla? |   |
|   | MOTA | Está ya |   |
|   |   | toda esta Corte mudada.° | changed |
|   | DON JUAN | ¿Mujeres? |   |

| | | |
|---|---|---|
| MOTA | 'Cosa juzgada.° | it goes without saying |
| DON JUAN | ¿Inés? | |
| MOTA | A Vejel se va.[15] | |
| DON JUAN | Buen lugar para vivir | |
| 5 | la que tan dama nació. | |
| MOTA | El tiempo la desterró | |
| | a Vejel. | |
| DON JUAN | Irá a morir. | |
| | ¿Costanza? | |
| 10  MOTA | Es lástima° vella | shame |
| | lampiña° de frente° y ceja.° | hairless, forehead, eyebrow |
| | Llámele el portugués, vieja, | |
| | y ella se imagina que bella. | |
| DON JUAN | Sí, que *velha* en portugués | |
| 15 | suena° *bella* en castellano. | sounds like |
| | ¿Y Teodora? | |
| MOTA | Este verano | |
| | se escapó del mal francés | |
| | por un río de sudores;[16] | |
| 20 | y está tan tierna° y recente, | tender, **reciente** |
| | que anteayer° me arrojó° un diente | the day before yesterday, tossed |
| | envuelto entre muchas flores. | |
| DON JUAN | ¿Julia, la del Candilejo?[17] | |
| MOTA | Ya con sus afeites° lucha.° | cosmetics, contends |
| 25  DON JUAN | ¿Véndese siempre por trucha°? | trout |
| MOTA | Ya se da por abadejo.° | codfish |
| DON JUAN | El barrio de Cantarranas,[18] | |
| | ¿tiene buena población? | |
| MOTA | Ranas° las más dellas son. | low-class prostitutes |
| 30  DON JUAN | ¿Y viven las dos hermanas? | |
| MOTA | Y la mona de Tolú[19] | |
| | de su madre Celestina | |
| | que les enseña dotrina.° | **doctrina** |

---

[15] Vejel refers to Vejer, a town south of Seville in the province of Cádiz.

[16] **Se escapó...** *She cured her syphilis by sweating great quantities of water*

[17] The Calle del Candilejo is one of the most traditional streets in Seville.

[18] Cantarranas was a section of Seville known for high prostitution activity.

[19] Mota uses the term "mona de Tolú" to allude to the ugliness of the woman responsible for introducing the "dos hermanas" into prostitution. Tolú was a Colombian port known for its monkeys.

corriente antifeminista

| | | |
|---|---|---|
| DON JUAN | ¡Oh, vieja de Bercebú°! | the Devil |
| | ¿Cómo la mayor está? | |
| MOTA | Blanca, 'sin blanca ninguna°; | penniless |
| | tiene un santo a quien ayuna.°²⁰ | starves |
| 5 DON JUAN | ¿Agora° en vigilias da?²¹ | **ahora** |
| MOTA | Es firme y santa mujer. | |
| DON JUAN | ¿Y esotra°? | = Blanca's sister |
| MOTA | Mejor principio° | foundation |
| | tiene; no desecha° ripio.²² | refuse |
| 10 DON JUAN | Buen albañir° quiere ser. | **albañil** = bricklayer |
| | Marqués, ¿qué hay de 'perros muertos°? | pranks |
| MOTA | Yo y don Pedro de Esquivel | |
| | dimos anoche un cruel, | |
| | y esta noche tengo ciertos | |
| 15 | otros dos. | |
| DON JUAN | Iré con vos; | |
| | que también recorreré° | I will revisit |
| | cierto nido que dejé | |
| | en güevos° para los dos. | **huevos** |
| 20 | ¿Qué hay de terrero?²³ | |
| MOTA | No muero | |
| | en terrero, que enterrado° | buried |
| | me tiene mayor cuidado. | |
| DON JUAN | ¿Cómo? | |
| 25 MOTA | Un imposible quiero. | |
| DON JUAN | Pues, ¿no os corresponde? | |
| MOTA | Sí, | |
| | me favorece y estima. | |
| DON JUAN | ¿Quién es? | |
| 30 MOTA | Doña Ana, mi prima, | |
| | que es recién° llegada aquí. | recently |
| DON JUAN | Pues, ¿dónde ha estado? | |
| MOTA | En Lisboa, | |
| | con su padre en la embajada. | |

---

²⁰ **Tiene un santo...** *She has a lover to whom she gives everything*

²¹ **¿Agora...** *So now she's given herself to devotion?*

²² The word *ripio* refers to brick fragments used to patch up gaps in construction projects

²³ A *terrero* was a landing or esplanade in front of a house from where gentlemen courted ladies living inside.

| | |
|---|---|
| DON JUAN | ¿Es hermosa? |
| MOTA | Es estremada, |
| | porque en doña Ana de Ulloa |
| | se estremó naturaleza. |
| 5 DON JUAN | ¿Tan bella es esa mujer? |
| | ¡Vive Dios, que la he de ver! |
| MOTA | Veréis la mayor belleza |
| | que los ojos del Rey ven. |
| DON JUAN | Casaos, pues es estremada. |
| 10 MOTA | El Rey la tiene casada,° betrothed |
| | y no se sabe con quién. |
| DON JUAN | ¿No os favorece? |
| MOTA | Y me escribe. |
| CATALINÓN | (No prosigas; que te engaña |
| 15 | el gran Burlador de España.) |
| DON JUAN | Quien tan satisfecho vive |
| | de su amor, ¿desdichas teme? |
| | Sacalda, solicitalda,° woo her |
| | escribilda y engañalda, |
| 20 | y el mundo se abrase y queme. |
| MOTA | Agora estoy aguardando |
| | la postrer° resolución. latter |
| DON JUAN | Pues no perdáis la ocasión, |
| | que aquí os estoy aguardando. |
| 25 MOTA | Ya vuelvo. |

[*Vase el Marqués, y el criado.*]

| | |
|---|---|
| CATALINÓN | Señor Cuadrado,° square-shaped |
| | o señor Redondo,° adiós.²⁴ round |
| CRIADO | Adiós. |
| 30 DON JUAN | Pues solos los dos, |
| | amigo, habemos quedado. |
| | Sigue los pasos° al Marqués, steps |
| | que en el palacio se entró. |

[*Vase Catalinón. Habla por una reja*° *una mujer.*] grating

---

²⁴ The servant's name is "Cuadrado." Catalinón's use of "Redondo" probably refers to the servant's fatness.

| MUJER | Ce, ce, ¿a quién digo? | |
|---|---|---|
| DON JUAN | ¿Quién llamó? | |
| MUJER | Pues sois prudente° y cortés° | discreet, courteous |
| | y su amigo, dalde luego | |
| 5 | al Marqués este papel. | |
| | Mirad que consiste en él | |
| | de una señora el sosiego. | |
| DON JUAN | Digo que se lo daré; | |
| | soy su amigo y caballero. | |
| 10 MUJER | Basta, señor forastero.° | stranger |
| | Adiós. | |

[*Vase.*]

| DON JUAN | Ya la voz se fue. | |
|---|---|---|
| | ¿No parece encantamiento° | enchantment |
| 15 | esto que agora ha pasado? | |
| | A mí el papel ha llegado | |
| | por la estafeta° del viento. | courier |
| | Sin duda que es de la dama | |
| | que el Marqués me 'ha encarecido°; | has extolled |
| 20 | venturoso° en esto he sido. | fortunate |
| | Sevilla 'a voces° me llama | loudly |
| | el Burlador, y el mayor | |
| | gusto que en mí puede haber | |
| | es burlar una mujer | |
| 25 | y dejalla sin honor. | |
| | ¡Vive Dios que le he de abrir, | |
| | pues salí de la plazuela°! | small square |
| | Mas, ¿si hubiese otra cautela? | |
| | ¡Gana° me da de reír!²⁵ | desire |
| 30 | Ya está abierto el papel, | |
| | y que es suyo es cosa llana, | |
| | porque aquí firma doña Ana. | |
| | Dice así: «Mi padre infiel° | unfaithful |
| | en secreto 'me ha casado° | has arranged a marriage |
| 35 | sin poderme resistir. | for me |

---

²⁵¿*Si hubiese... What if there should be another trick? It makes me want to laugh!*

No sé si podré vivir,
porque la muerte me ha dado.
    Si estimas, como es razón,
mi amor y mi voluntad,
5  y si tu amor fue verdad,
muéstralo en esta ocasión.
    Porque°²⁶ veas que te estimo,                    So that
ven esta noche a la puerta,
que estará a las once abierta,
10 donde tu esperanza,° primo,                        hope
    goces, y el fin de tu amor.
Traerás,° mi gloria, 'por señas°                     you will wear, as identi-
de Leonorilla y las dueñas,²⁷                         fication
una capa 'de color.°                                 red
15  Mi amor todo de ti fío,
y adiós.» —¡Desdichado amante!
¿Hay suceso semejante?²⁸
Ya de la burla me río.
    Gozaréla, ¡vive Dios!,
20 con el engaño y cautela
que en Nápoles a Isabela.

### [Sale Catalinón.]

| | |
|---|---|
| CATALINÓN | Ya el Marqués viene. |
| DON JUAN | Los dos |
25 | | aquesta noche tenemos |
| | que hacer. |
| CATALINÓN | ¿Hay engaño nuevo? |
| DON JUAN | Estremado. |
| CATALINÓN | No lo apruebo.° |                         approve
30 | | Tú pretendes° que escapemos |                  seek
| | una vez, señor, burlados; |
| | que el que vive de burlar, |

---

²⁶ In Golden Age Spain, the word **porque** was sometimes used like the conjunctive phrase *para que*, and was accordingly followed by a verb in the subjunctive.

²⁷ A **dueña** (*duenna*) was a woman serving as governess and companion to the younger ladies in a family.

²⁸ **¿Hay suceso...** *Have you ever seen anything like this?*

|  | | |
|---|---|---|
| | burlado habrá de escapar | |
| | pagando tantos pecados° | sins |
| | de una vez. | |
| DON JUAN | ¿Predicador° | preacher |
5 | | 'te vuelves,° impertinente? | you're turning into |
| CATALINÓN | La razón hace al valiente.[29] | |
| DON JUAN | Y al cobarde hace el temor. | |
| | El que se pone a servir, | |
| | voluntad no ha de tener, | |
10 | | y todo ha de ser hacer, | |
| | y nada ha de ser decir. | |
| | Sirviendo, jugando estás, | |
| | y si quieres ganar luego, | |
| | haz siempre, porque en el juego | |
15 | | quien más hace gana más. | |
| CATALINÓN | También quien hace y dice | |
| | pierde por la mayor parte. | |
| DON JUAN | Esta vez quiero avisarte, | |
| | porque otra vez no te avise.[30] | |
20 | CATALINÓN | Digo que 'de aquí adelante° | from here on |
| | lo que me mandas haré, | |
| | y a tu lado forzaré° | I will take by force |
| | un tigre, un elefante. | |
| | ¡Guárdese de mí un Prior![31] | |
25 | | Que si me mandas que calle | |
| | y le fuerce, he de forzalle | |
| | sin réplica,° mi señor. | backtalk |

[*Sale el Marqués de la Mota.*]

|  | | |
|---|---|---|
| DON JUAN | Calla, que viene el Marqués. | |
30 | CATALINÓN | Pues, ¿ha de ser el forzado°? | butt of the joke |
| DON JUAN | Para vos, Marqués, me han dado | |
| | un recaudo° harto cortés | recado = message |
| | por esa reja, sin ver | |

---

[29] **La razón hace al valiente.** *Being right makes one brave*

[30] **Porque...** *So that I won't have to tell you again*

[31] **¡Guárdese...** *All of you Priors, beware of me!* A Prior was an officer in a monastic or military order.

el que me lo daba allí;
sólo en la voz conocí
que me lo daba mujer.
   Dícete al fin que a las doce
5     vayas secreto a la puerta,
(que estará a las once abierta),
donde tu esperanza goce
   la posesión de tu amor;
y que llevases por señas
10    de Leonorilla y las dueñas
una capa de color.

MOTA        ¿Qué dices?

DON JUAN          Que este recaudo
de una ventana me dieron,
15    sin ver quién.

MOTA           Con él pusieron
sosiego en tanto cuidado.
   ¡Ay, amigo! Sólo en ti
mi esperanza renaciera.
20    Dame esos pies.

DON JUAN          Considera
que no está tu prima en mí.
   Eres tú quien ha de ser
quien la tiene de gozar.
25    ¿y me llegas a abrazar°            embrace
los pies?

MOTA        Es tal° el placer,         so great
que me ha sacado de mí.[32]
   ¡Oh, sol, apresura° el paso!      hasten
30  DON JUAN   Ya el sol camina al Ocaso.°    sunset

MOTA      Vamos, amigos, de aquí,
   y de noche nos pondremos.[33]
   ¡Loco voy!

DON JUAN        (Bien se conoce;
35    mas yo bien sé que a las doce
harás mayores estremos.)

MOTA       ¡Ay, prima del alma, prima,

---

[32] **Que me ha sacado...** *It's made me mad with joy*
[33] **De noche...** *We'll put on our evening clothes*

| | |
|---|---|
| | que quieres premiar mi fe! |
| CATALINÓN | (¡Vive Cristo, que no dé |
| | una blanca° por su prima!) |

*a coin of little value*

[*Vase el Marqués, y sale don Diego.*]

5 DON DIEGO    ¡Don Juan!
CATALINÓN          Tu padre te llama.
DON JUAN    ¿Qué manda Vueseñoría°?     **Vuestra Señoría** = your
DON DIEGO    Verte más cuerdo quería,      lordship
          más bueno y con mejor fama.°    reputation
10       ¿Es posible que procuras°    you seek
          todas las horas mi muerte?
DON JUAN    ¿Por qué vienes desa suerte?
DON DIEGO    Por tu trato° y tus locuras.    dealings
          Al fin el Rey me ha mandado
15       que te eche° de la ciudad,    eject
          porque está de una maldad°    wickedness
          con justa causa indignado.°    angry
          Que, aunque me lo has encubierto,
          ya en Sevilla el Rey lo sabe,
20       'cuyo delito° es tan grave,    which crime
          que a decírtelo no acierto.°    I cannot manage
          ¿En el Palacio Real
          traición, y con un amigo? Octavio
          Traidor, Dios te dé el castigo
25       que pide delito igual.
          Mira que, aunque al parecer
          Dios te consiente° y aguarda,    coddles
          su castigo no se tarda,°    delay
          y que castigo ha de haber
30       para los que profanáis
          su nombre; que es juez° fuerte    judge
          Dios en la muerte.
DON JUAN           ¿En la muerte?
          ¡Tan largo me lo fiáis!
35       De aquí allá hay gran jornada.°    journey
DON DIEGO    Breve te ha de parecer.
DON JUAN    Y la° que tengo de hacer,    the exile
          pues a su Alteza le agrada,°    is pleasing
          agora, ¿es larga también?

| | | |
|---|---|---|
| DON DIEGO | Hasta que el injusto° agravio | undeserved |
| | satisfaga el Duque Octavio, | |
| | y apaciguados° estén | appeased |
| | en Nápoles de Isabela | |
| 5 | los sucesos que has causado, | |
| | en Lebrija retirado | |
| | por tu traición y cautela | |
| | quiere el Rey que estés agora, | |
| | pena a tu maldad ligera.° | light-hearted |
| 10 CATALINÓN | [Aparte.] (Si el caso también supiera | |
| | de la pobre pescadora, | |
| | más 'se enojara° el buen viejo.) | would get upset |
| DON DIEGO | Pues no te vence castigo | |
| | con cuanto hago y cuanto digo, | |
| 15 | a Dios tu castigo dejo. | |

[Vase.]

| | | |
|---|---|---|
| CATALINÓN | Fuese° el viejo enternecido.° | se fue, moved |
| DON JUAN | Luego las lágrimas copia,° | acopia = accumulates |
| | condición de viejo propria. | |
| 20 | Vamos, pues 'ha anochecido,° | night has fallen |
| | a buscar al Marqués. | |
| CATALINÓN | Vamos, | |
| | y al fin gozarás su dama. | |
| DON JUAN | ¡Ha de ser burla de fama! | |
| 25 CATALINÓN | Ruego° al cielo que salgamos | I beg |
| | della en paz. | |
| DON JUAN | ¡Catalinón, | |
| | en fin! | |
| CATALINÓN | Y tú, señor, eres | |
| 30 | langosta de las mujeres.[34] | |
| | Y con público pregón,° | announcement |
| | porque de ti se guardara, | |
| | cuando a noticia viniera | |
| | de la que doncella° fuera, | virgin |
| 35 | fuera bien se pregonara: | |
| | «Guárdense° todos de un hombre | guard yourselves |

---

[34] **Eres langosta...** *You're the scourge of women*

|         |                                    |           |
|---------|------------------------------------|-----------|
|         | que a las mujeres engaña,          |           |
|         | y es el burlador de España.»       |           |
| DON JUAN | Tú me has dado gentil° nombre.    | genteel   |

[*Sale el Marqués de noche, con músicos, y pasea° el*     he strolls
5                    *tablado,° y se entran cantando.*]          stage

| MÚSICOS | *'El que° un bien gozar espera,*  | he who |
|         | *cuanto espera desespera.°*        | despairs |

| DON JUAN | ¿Qué es esto? | |
| CATALINÓN | Música es. | |
10 | MOTA | Parece que habla conmigo | |
|      | el poeta.[35] —¿Quién va? | |
| DON JUAN | Amigo. | |
| MOTA | ¿Es don Juan? | |
| DON JUAN | ¿Es el Marqués? | |
15 | MOTA | ¿Quién puede ser sino° yo? | but |
| DON JUAN | Luego que la capa vi, | |
|      | que érades° vos conocí. | erais |
| MOTA | Cantad, pues don Juan llegó. | |

| MÚSICOS | *El que un bien gozar espera,* | |
20 |      | *cuanto espera desespera.* | |

| DON JUAN | ¿Qué casa es la que miráis? | |
| MOTA | De don Gonzalo de Ulloa. | |
| DON JUAN | ¿Dónde iremos? | |
| MOTA | A Lisboa. | |
25 | DON JUAN | ¿Cómo, si en Sevilla estáis? | |
| MOTA | Pues, ¿aqueso os maravilla? | |
|      | ¿No vive con gusto igual | |
|      | 'lo peor° de Portugal | the worst |
|      | en 'lo mejor° de Castilla? | the best |
30 | DON JUAN | ¿Dónde viven? | |
| MOTA | En la calle | |
|      | de la Sierpe, donde ves | |

---

[35] Refers to the poet who composed the words that the musicians are singing.

a Adán envuelto en portugués.[36]
Que en aqueste amargo° valle°                    bitter, valley
  con bocados° solicitan°               bites of the forbidden
mil Evas que, aunque dorados,°                    fruit, solicit; golden
5    en efeto son bocados
con que la vida nos quitan.[37]

CATALINÓN    Ir de noche no quisiera
por esa calle cruel,
  pues lo que de día es miel°                honey
10  entonces lo dan en cera.[38]
  Una noche, por mi mal
la vi sobre mí vertida,°                          emptied out
y hallé que era corrompida°                       degenerate
la cera de Portugal.[39]

15 DON JUAN    Mientras a la calle vais,
yo 'dar un perro° quisiera.                        play a trick

MOTA    Pues cerca de aquí me espera
'un bravo.°                                        an excellent one

DON JUAN    Si me dejáis,
20    señor Marqués, vos veréis
cómo de mí no se escapa.

MOTA    Vamos, y poneos mi capa,
para que mejor lo deis.

DON JUAN    Bien habéis dicho. Venid,
25    y me enseñaréis° la casa.                 you will point out

MOTA    Mientras el suceso pasa,
la voz y el habla° fingid.                         speech
  ¿Veis aquella celosía°?                      shutter

DON JUAN    Ya la veo.

30 MOTA    Pues llegad
y decid «Beatriz», y entrad.

DON JUAN    '¿Qué mujer?°                       What is she like?

MOTA    Rosada° y fría.                    frosty

---

[36] **Adán...** *Sinful men playing the role of lover*

[37] **Con bocados...** *A thousand prostitutes tempt men with forbidden fruit, and though the fruit be golden, these women use it to rob us of our lives*

[38] The word **cera** means both "wax" and "excrement."

[39] In urban areas before the age of modern plumbing, it was customary to defecate into chamber pots, and it was convenient for some to empty the contents from a window onto the street below.

| | | |
|---|---|---|
| CATALINÓN | Será mujer cantimplora.° | water flask |
| MOTA | En Gradas⁴⁰ os aguardamos. | |
| DON JUAN | Adiós, Marqués. | |
| CATALINÓN |          ¿Dónde vamos? | |
| 5   DON JUAN | Adonde la burla agora | |
| |    ejecute.° | takes shape |
| CATALINÓN |        No se escapa | |
| | nadie de ti. | |
| DON JUAN |       El trueque° adoro. | sleight of hand |
| 10   CATALINÓN | ¿Echaste la capa al toro? | |
| DON JUAN | No, el toro me echó la capa.⁴¹ | |
| MOTA |   La mujer ha de pensar | |
| | que soy él. | |
| MÚSICOS |        ¡Qué gentil perro! | |
| 15   MOTA | Esto es acertar° 'por yerro.° | hitting the mark, by accident |

        MÚSICOS       *Todo este mundo es errar.*
                        *El que un bien gozar espera,*
                   *cuanto espera desespera.*

20                     *[Vanse, y dice doña Ana dentro.]*

| | | |
|---|---|---|
| DOÑA ANA | ¡Falso! ¿No eres el Marqués? ¿Qüe me has engañado? | |
| DON JUAN |                Digo | |
| | que lo soy. | |
| 25   DOÑA ANA |        ¡Fiero enemigo! | |
| | ¡Mientes°! ¡Mientes! | you're lying |

        *[Sale don Gonzalo con la espada desnuda.°]*     unsheathed

| | | |
|---|---|---|
| DON GONZ. |         La voz es | |
| | de doña Ana la que siento.° | I hear |
| 30   DOÑA ANA | ¿No hay quien mate este traidor, | |
| | homicida° de mi honor? | assassin |

---

⁴⁰ A street in Seville, near the steps (*gradas*) of the cathedral.
⁴¹ According to Martel and Alpern: "Catalinón uses *echar la capa* in the sense of 'stake all on one effort.' Don Juan uses it in the sense of 'come to someone's aid,' as one bullfighter helps another by distracting the bull with his cape." (n. 281)

| | |
|---|---|
| DON GONZ. | ¿Hay tan grande atrevimiento? |
| | Muerto honor, dijo, ¡Ay de mí!, |
| | y es su lengua tan liviana° |
| | que aquí sirve de campana.° |
| 5  DOÑA ANA | ¡Matalde! |

loose
bell

[*Sale don Juan y Catalinón con las espadas desnudas.*]

| | |
|---|---|
| DON JUAN | ¿Quién está aquí? |
| DON GONZ. | La barbacana[42] caída |
| | de la torre de mi honor, |
| 10 | echaste° en la tierra, traidor, |
| | donde era alcaide° la vida. |
| DON JUAN | 'Déjame pasar.° |
| DON GONZ. | ¿Pasar? |
| | Por la punta° desta espada. |
| 15  DON JUAN | Morirás. |
| DON GONZ. | No importa nada. |
| DON JUAN | Mira que te he de matar. |
| DON GONZ. | ¡Muere, traidor! |
| DON JUAN | Desta suerte |
| 20 | muero. |
| CATALINÓN | Si escapo désta, |
| | no más burlas, no más fiesta. |
| DON GONZ. | ¡Ay, que me has dado la muerte! |
| DON JUAN | Tú la vida te quitaste. |
| 25  DON GONZ. | ¿De qué la vida servía?[43] |
| DON JUAN | Huyamos. |

you hurled
warden
let me by

tip

[*Vase don Juan y Catalinón.*]

| | |
|---|---|
| DON GONZ. | La sangre fría |
| | con el furor aumentaste. |
| 30 | Muerto soy; no hay bien que aguarde. |
| | Seguiráte mi furor... |
| | que es traidor, y el que es traidor |

---

[42] The word *barbacana* refers to a barbican (a type of fortress) as well as grey beard hairs (*barba cana*).

[43] ¿**De qué...** *What was the reason for living (without my honor)?*

es traidor porque es cobarde.

[*Entran muerto a don Gonzalo, y sale el Marqués de la
Mota, y músicos.*]

MOTA                    Presto las doce darán,
5                       y mucho don Juan se tarda.
                        ¡Fiera prisión del que aguarda!

[*Sale don Juan, y Catalinón.*]

DON JUAN        ¿Es el Marqués?
10  MOTA                            ¿Es don Juan?
    DON JUAN          Yo soy; tomad vuestra capa.
    MOTA            ¿Y el perro?
    DON JUAN                        Funesto ha sido.
                    Al fin, Marqués, muerto ha habido.
15  CATALINÓN       Señor, del muerto te escapa.
    MOTA                ¿Búrlaste, amigo? ¿Qué haré?
    CATALINÓN       [*Aparte.*] (Y a vos os ha burlado.)
    DON JUAN        Cara la burla ha costado.
    MOTA            Yo, don Juan, lo pagaré,
20                      porque estará la mujer
                    quejosa° de mí.                                  complaining
    DON JUAN                        Adiós,
                    Marqués.
    CATALINÓN                       A fe que los dos
25                  mal pareja han de correr.[44]
    DON JUAN        Huyamos.
    CATALINÓN                     Señor, no habrá
                    águila° que a mí me alcance.                     eagle

[*Vanse, y queda el Marqués de la Mota.*]

30  MOTA                Vosotros os podéis ir
                    todos a casa, que yo
                    he de ir solo.
    MÚSICOS                         Dios crió°                       creó

---

[44] **A fe que...** *I swear that those two men will find themselves on the losing side*

las noches para dormir.

[*Vanse.*]

|  |  |  |
|---|---|---|
|  | [*Dentro*] ¿Vióse desdicha mayor, | |
|  | y vióse mayor desgracia? | |
| 5 | MOTA | ¡Válgame Dios!° Voces siento | Good heavens! |

 

5   MOTA

[*Dentro*] ¿Vióse desdicha mayor,
y vióse mayor desgracia?
¡Válgame Dios!° Voces siento     *Good heavens!*
en la plaza del Alcázar.[45]
¿Qué puede ser a estas horas?
Un hielo° el pecho me arraiga.°     *chill, paralyzes*
Desde aquí parece todo

10    una Troya que se abrasa,
porque tantas luces juntas
hacen gigantes de llamas.
Un grande escuadrón° de hachas°     *squadron, torches*
'se acerca° a mí, porque anda     *comes near*

15    el fuego emulando° estrellas,     *rivaling*
dividiéndose en escuadras.°     *squads*
Quiero saber la ocasión.

[*Sale don Diego Tenorio, y la guarda, con hachas.*]

DON DIEGO     ¿Qué gente?

20   MOTA           Gente que aguarda
saber de aqueste ruido°     *noise*
el alboroto° y la causa.     *disturbance*

DON DIEGO     Prendeldo.

MOTA           ¿Prenderme a mí?

25   DON DIEGO     Volved la espada a la vaina,°     *sheath*
que la mayor valentía
es no tratar de las armas.

MOTA     ¿Cómo, al Marqués de la Mota,
hablan ansí?

30   DON DIEGO           Dad la espada,
que el Rey os manda prender.

MOTA     ¡Vive Dios!

---

[45] The Alcázar in Seville, built in the fourteenth century on the order of Peter I the Cruel, was used as a royal palace. Crafted in Moorish style by Moorish artisans, the Alcázar is the ultimate manifestation of several centuries of Islamic and Christian construction projects at the site.

[*Sale el Rey, y acompañamiento.*°]                    retinue

REY                         En toda España
'no ha de caber,° ni tampoco                    he will not find a place
en Italia, si va a Italia.
5  DON DIEGO    Señor, aquí está el Marqués.
   MOTA        Gran señor, ¿vuestra Alteza
                a mí me manda prender?
   REY         Llevalde luego, y ponelde
                la cabeza en una escarpia.°        hook
10               ¿En mi presencia te pones?
   MOTA        ¡Ah, glorias de amor tiranas,
                siempre en el pasar° ligeras,      transit
                como en el vivir pesadas°!        heavy
                Bien dijo un sabio° que había      wise man
15              entre la boca y la taza°            cup
                peligro°; mas el enojo             danger
                del Rey, me admira,° y espanta.    amazes
                No sé por lo que voy preso.
   DON DIEGO   ¿Quién mejor sabrá la causa
20              que Vueseñoría?
   MOTA                      ¿Yo?
   DON DIEGO   Vamos.
   MOTA                  ¡Confusión estraña!
   REY         Fulmínesele el proceso
25              al Marqués luego,[46] y mañana
                le cortarán la cabeza.
                Y al Comendador, con cuanta
                solenidad° y grandeza              **solemnidad** = solemnity
                se da a las personas sacras
30              y reales, el entierro°             burial
                se haga. En bronce° y piedras varias   bronze
                un sepulcro° con un bulto°         sepulchre, statue
                le ofrezcan, donde en 'mosaicas
                labores,° góticas° letras          mosaic work, Gothic
35              den lenguas a sus venganzas.
                Y entierro, bulto y sepulcro
                quiero que a mi costa° se haga.    expense

---

[46] **Fulmínesele...** *Let the case against the Marqués be prepared immediately*

|   |   |   |
|---|---|---|
| | ¿Dónde doña Ana se fue? | |
| DON DIEGO | Fuése al sagrado,° doña Ana, | protection |
| | de mi señora la Reina. | |
| REY | Ha de sentir esta falta | |
| 5 | Castilla; tal capitán | |
| | ha de llorar Calatrava. | |

[*Vanse todos. Sale Batricio desposado,° con Aminta,* — married
*Gaseno, Belisa, y pastores músicos. Una villa andaluza.°*] — Andalusian

|   |   |   |
|---|---|---|
| MÚSICOS | *Lindo sale el sol de abril* | |
| 10 | *con trébol° y torongil°;* | clover, lemon balm |
| | *y aunque le sirva de estrella,* | |
| | *Aminta sale más bella.* | |
| BATRICIO | Sobre esta alfombra° florida,° | carpet, florid |
| | adonde en campos de escarcha° | morning frost |
| 15 | el sol sin aliento marcha° | proceeds |
| | con su luz recién nacida,° | emitted |
| | os sentad, pues nos convida° | invites |
| | al tálamo el° sitio° hermoso. | this, location |
| AMINTA | Cantalde a mi dulce esposo | |
| 20 | favores de mil en mil. | |
| MÚSICOS | *Lindo sale el sol de abril* | |
| | *con trébol y torongil,* | |
| | *y aunque le sirva de estrella,* | |
| | *Aminta sale más bella.* | |
| 25 BATRICIO | No sale así el sol de Oriente | |
| | como el sol que al alba° sale, | dawn |
| | que no hay sol que al sol se iguale | |
| | de sus niñas y su frente; | |
| | a este sol claro y luciente | |
| 30 | que eclipsa al sol su arrebol°; | red color |
| | y así cantadle a mi sol | |
| | motetes° de mil en mil. | motets, musical compo- |
| AMINTA | Batricio, 'yo lo agradezco°; | sitions; I thank you for |
| | falso y lisonjero estás; | that |
| 35 | mas si tus rayos me das, | |
| | por ti ser luna merezco.° | I deserve |

Tú eres el sol por quien crezco°            I grow
después de salir menguante,°                waning
para que el alba te cante
la salva° en tono sutil.                     greeting

5   MÚSICOS          *Lindo sale el sol de abril*
                     *con trébol y torongil,*
                        *y aunque le sirva de estrella,*
                     *Aminta sale más bella.*

                     [*Sale Catalinón, de camino.*]

10  CATALINÓN        Señores, el desposorio°       wedding party
                     huéspedes ha de tener.
    GASENO           A todo el mundo ha de ser
                     este contento notorio.
                     ¿Quién viene?
15  CATALINÓN                     Don Juan Tenorio.
    GASENO           ¿El viejo?
    CATALINÓN                     No ese don Juan.
    BELISA           Será su hijo galán.
    BATRICIO         Téngolo por mal agüero,°       omen
20                   que galán y caballero
                     quitan gusto y celos dan.
                        Pues, ¿quién noticia° les dio    announcement
                     de mis bodas?
    CATALINÓN                     'De camino°         on the way
25                   pasa a Lebrija.
    BATRICIO                       Imagino
                     que el Demonio le envió.
                     Mas, '¿de qué me aflijo yo?°    why am I so worried?
                     Vengan a mis dulces bodas
30                   del mundo las gentes todas.
                     Mas, con todo, un caballero
                     en mis bodas... ¡Mal agüero!
    GASENO           Venga el Coloso de Rodas,⁴⁷

---

⁴⁷ The Colossus of Rhodes was a large, bronze statue of Apollo that stood at the entrance to the harbor of Rhodes. It was one of the Seven Wonders of the World.

|  |  |  |
|---|---|---|
|  | venga el Papa,° el Preste Juan[48] | Pope |
|  | y don Alonso el Onceno |  |
|  | con su corte; que en Gaseno |  |
|  | ánimo° y valor verán. | spirit |
| 5 | Montes° en casa hay de pan, | mounds |
|  | Guadalquivides de vino, [49] |  |
|  | Babilonias de tocino,°[50] | bacon |
|  | y entre ejércitos° cobardes | armies |
|  | de aves, para que las lardes,° | baste |
| 10 | el pollo y el palomino.° | young pigeon |
|  | Venga tan gran caballero |  |
|  | a ser hoy en Dos Hermanas[51] |  |
|  | honra destas viejas canas.° | grey hairs |
| BELISA | El hijo del Camarero |  |
| 15 | mayor... |  |
| BATRICIO | (Todo es mal agüero |  |
|  | para mí, pues le han de dar |  |
|  | junto a mi esposa lugar.[52] |  |
|  | Aún no gozo, y ya los cielos |  |
| 20 | me están condenando a celos. |  |
|  | Amor, sufrir y callar.) |  |

[*Sale don Juan Tenorio.*]

|  |  |  |
|---|---|---|
| DON JUAN | Pasando acaso° he sabido | by chance |
|  | que hay bodas en el lugar, |  |
| 25 | y dellas quise gozar, |  |
|  | pues tan venturoso he sido. |  |

---

[48] Prester John was a legendary traveler, Christian monk, and potentate of the Middle Ages. He was believed to have had a kingdom in a remote part of Asia or Africa.

[49] **Guadalquivides...** *Rivers of wine,* from the river Guadalquivir that transverses Andalusia.

[50] **Babilonias...** *Babylonias of bacon.* Babylonia was an ancient Mesopotamian empire which flourished in the two millenia before the birth of Christ. It was renowned for its splendor and abundance. (Contributed by Kathleen Spinnenweber)

[51] Town in the province of Seville where Aminta, Batricio, Gaseno, et al. reside.

[52] At nuptial celebrations the seat next to the bride was customarily reserved for the groom.

| | | |
|---|---|---|
| GASENO | Vueseñoría ha venido | |
| | a honrallas y engrandecellas.° | make them even better |
| BATRICIO | (Yo, que soy el dueño dellas, | |
| | 'digo entre mí° que vengáis | I say to myself |
| 5 | 'en hora mala.°) | at a bad time |
| GASENO | ¿No dais | |
| | lugar a este caballero? | |
| DON JUAN | Con vuestra licencia quiero | |
| | sentarme aquí. | |

10                    [*Siéntase junto a la novia.*]

| | | |
|---|---|---|
| BATRICIO | Si os sentáis | |
| | delante de mí, señor, | |
| | seréis de aquesa manera | |
| | el novio. | |
| 15 DON JUAN | 'Cuando lo fuera° | Even if I were |
| | no escogiera lo peor. | |
| GASENO | ¡Que es el novio! | |
| DON JUAN | De mi error | |
| | y ignorancia perdón pido. | |
| 20 CATALINÓN | (¡Desventurado° marido!) | unfortunate |
| DON JUAN | (Corrido° está.) | ashamed |
| CATALINÓN | (No lo ignoro, | |
| | mas si tiene de ser toro, | |
| | ¿qué mucho que esté corrido?° | goaded |
| 25 | No daré por su mujer | |
| | ni por su honor un cornado.[53] | / |
| | ¡Desdichado tú, que has dado | |
| | en manos de Lucifer!)[54] | |
| DON JUAN | ¿Posible es que vengo a ser, | |
| 30 | señora, tan venturoso? | |
| | Envidia tengo al esposo. | |
| AMINTA | Parecéisme lisonjero. | |
| BATRICIO | Bien dije que es mal agüero | |
| | en bodas un poderoso. | |
| 35 GASENO | Ea, vamos a almorzar,° | eat lunch |

---

[53] A coin of little value.
[54] The Devil

porque pueda descansar
un rato ˈsu Señoría.°        his lordship

[*Tómale don Juan la mano a la novia.*]

| | |
|---|---|
| DON JUAN | ¿Por qué la escondéis? |
| 5   AMINTA |      Es mía. |
| GASENO | Vamos. |
| BELISA |    Volved a cantar. |
| DON JUAN | ¿Qué dices tú? |
| CATALINÓN |     ¿Yo? Que temo |
| 10 | muerte vil° destos villanos.     vile |
| DON JUAN | Buenos ojos, blancas manos, |
| | en ellos me abraso y quemo. |
| CATALINÓN | ¡Almagrar° y echar a estremo!⁵⁵  brand (with an iron) |
| | Con ésta cuatro serán. |
| 15   DON JUAN | Ven, que mirándome están. |
| BATRICIO | (¡En mis bodas caballero! |
| | Mal agüero!) |
| GASENO |    Cantad. |
| BATRICIO |      Muero. |
| 20   CATALINÓN | Canten, que ellos llorarán. |

[*Vanse todos, con que da fin la Segunda Jornada.*]

---

⁵⁵ ¡**Almagrar**... *Brand another victim and set her aside!*

## JORNADA TERCERA

*[En Dos Hermanas, una villa andaluza. Sale Batricio, pensativo.]*

| | | |
|---|---|---|
| BATRICIO | ¡Celos! Reloj° de cuidados,° | clock, cares |
| | que a todas las horas dais | |
| 5 | tormentos con que matáis, | |
| | aunque dais desconcertados.°¹ | chaotically |
| | ¡Celos! Del vivir desprecios, | |
| | con que ignorancias hacéis, | |
| | pues todo lo que tenéis | |
| 10 | de ricos, tenéis de necios. | |
| | ¡Dejadme de atormentar°! | vex |
| | Pues es cosa tan sabida | |
| | que, cuando amor me da vida, | |
| | la muerte me queréis dar. | |
| 15 | ¿Qué me queréis, caballero, | |
| | que me atormentáis ansí? | |
| | Bien dije cuando le vi | |
| | en mis bodas, «¡Mal agüero!» | |
| | No es bueno que se sentó | |
| 20 | a cenar° con mi mujer, | eat supper |
| | y a mí en el plato meter° | put |
| | la mano no me dejó. | |
| | Pues cada vez que quería | |
| | metella la desviaba,° | moved away |
| 25 | diciendo a cuanto tomaba, | |
| | «¡Grosería,° grosería!» | rudeness |
| | Pues llegándome a quejar° | complain |
| | a algunos, me respondían° | replied |
| | y con risa me decían, | |
| 30 | «No tenéis de qué os quejar, | |
| | eso no es cosa que importe; | |
| | No tenéis de qué temer, | |

---

¹ **Dais desconcertados...** *You strike when one least expects it*

callad, que debe de ser
uso° de allá de la corte.»                                    custom
   ¡Buen uso! ¡Trato estremado!
¡Mas no se usara en Sodoma!²
5     ¡Que otro con la novia coma,
y que ayune el desposado!
   Pues el otro bellacón°                              rascal
a cuanto comer quería:
«¿Esto no come?» decía;
10    «No tenéis, señor, razón.»
   ¡Y de delante al momento
me lo quitaba! Corrido
estó. Bien sé yo que ha sido
culebra y no casamiento.°                                     wedding
15    Ya no se puede sufrir
ni entre cristianos pasar;
y acabando de cenar
con los dos, ¿mas que a dormir
   se ha de ir también, si porfía,
20    con nosotros, y ha de ser
el llegar yo a mi mujer,
«Grosería, grosería»?
   Ya viene, no me resisto.
Aquí me quiero esconder,
25    pero ya no puede ser,
que imagino que me ha visto.

*[Sale don Juan Tenorio.]*

| | |
|---|---|
| DON JUAN | Batricio... |
| BATRICIO | Su Señoría, |

---

² Batricio alludes to the standard protocol for behavior as applied to guests and their hosts. According to the Old Testament, Lot allows two strangers to the city of Sodom to stay as guests at his house. The men of Sodom gather outside of the house and seek to attack the strangers, but Lot refuses to hand his guests over to the men, and the men—in turn—prepare to storm Lot's house in order to seize the guests by force. As it turns out, the guests are angels, and they blind the men of Sodom in order to make an invasion impossible. The angels reveal to Lot that they were sent to destroy Sodom, and ultimately the angels lead Lot and his family out of the city.

|              |                                      |                  |
|--------------|--------------------------------------|------------------|
|              | ¿qué manda?                          |                  |
| DON JUAN     |      Haceros saber...          |                  |
| BATRICIO     | (¡Mas que ha de venir a ser          |                  |
|              | alguna desdicha mía!)                |                  |

5    DON JUAN     ...que ha muchos días, Batricio,
     que a Aminta el alma di,
     y he gozado...

BATRICIO            ¿Su honor?

DON JUAN               Sí.

10   BATRICIO    (Manifiesto° y claro indicio°           plain, sign
     de lo que he llegado a ver;
     que si bien no le quisiera,
     nunca a su casa viniera.
     Al fin, al fin es mujer.)

15   DON JUAN     Al fin, Aminta, celosa,°           jealous
     o quizá° desesperada                 perhaps
     de verse en mí olvidada°             forgotten
     y de 'ajeno dueño° esposa,         another man
       esta carta me escribió

20      enviándome a llamar,
     y yo prometí gozar
     lo que el alma prometió.
       Esto pasa de esta suerte.
     Dad a vuestra vida un medio;[3]

25      que le daré sin remedio
     a quien lo impida, la muerte.

BATRICIO     Si tú en mi elección lo pones,[4]
     tu gusto pretendo hacer;
     que el honor y la mujer

30      son males 'en opiniones.°           during gossip
       La mujer en opinión
     siempre más pierde que gana;
     que son como la campana
     que se estima por el son.°             sound

35        Y así es cosa averiguada°       tried and true
     que opinión viene a perder,
     cuando cualquiera° mujer           whichever

---

[3] **Dad a vuestra...** *Save your life*
[4] **Si tú...** *If you're giving me a choice*

|   | | |
|---|---|---|
| | suena a campana quebrada.° | broken |
| | No quiero, pues, me reduces° | diminish |
| | el bien que mi amor ordena,° | arranges |
| | mujer entre mala y buena, | |
| 5 | que es moneda° entre 'dos luces.° | coin, the dim light of |
| | Gózala, señor, mil años; | twilight |
| | que yo quiero resistir,° | endure |
| | desengañar° y morir, | see the truth |
| | y no vivir con engaños. | |

10                     [*Vase.*]

| | | |
|---|---|---|
| DON JUAN | Con el honor le vencí, | |
| | porque siempre los villanos° | peasants |
| | tienen su honor en las manos, | |
| | y siempre miran por sí. [5] | |
| 15 | Que por tantas variedades | |
| | es bien que se entienda y crea | |
| | que el honor se fue al aldea,° | village |
| | huyendo de las ciudades. | |
| | Pero antes de hacer el daño | |
| 20 | le pretendo reparar; | |
| | a su padre voy a hablar | |
| | para autorizar° mi engaño. | authorize |
| | Bien lo supe negociar°; | arrange |
| | gozarla esta noche espero. | |
| 25 | La noche camina, y quiero | |
| | su viejo padre llamar. | |
| | Estrellas que 'me alumbráis,° | light my way |
| | dadme en este engaño suerte, | |
| | si el galardón° en la muerte | reward |
| 30 | tan largo me lo guardáis. | |

             [*Vase. Sale Aminta y Belisa.*]

| | | |
|---|---|---|
| BELISA | Mira que vendrá tu esposo; | |
| | entra a desnudarte,° Aminta. | get undressed |
| 35 AMINTA | De estas infelices° bodas | unhappy |

---

[5] **Siempre miran por sí...** *They always look out for themselves*

no sé qué siento, Belisa.
Todo hoy mi Batricio ha estado
bañado° en melancolía,°               bathed, melancholy,
todo en confusión y celos.                gloom
5              ¡Mirad qué grande desdicha!
Di, ¿qué caballero es este
que de mi esposo me priva°?             deprives
La desvergüenza° en España          shamelessness
se ha hecho caballería.°                chivalry
10            ¡Déjame, que estoy 'sin seso°!     distraught
¡Déjame, que estoy corrida!
¡Mal hubiese el caballero
que mis contentos me priva!

BELISA         Calla, que pienso que viene;
15            que nadie en la casa pisa
de un desposado, tan recio.°          loudly

AMINTA        Queda a Dios, Belisa mía.
BELISA         Desenójale en los brazos.
AMINTA        ¡Plega a los cielos que sirvan
20            mis suspiros de requiebros,°      flatteries
mis lágrimas de caricias.°            caresses

*[Vanse. Sale don Juan, Catalinón, Gaseno.]*

DON JUAN     Gaseno, quedad con Dios.
GASENO       Acompañaros querría,
25            por dalle de esta ventura
el parabién° a mi hija.             congratulations
DON JUAN     Tiempo mañana nos queda.
GASENO       Bien decís. El alma mía
en la muchacha os ofrezco.

30                   *[Vase.]*

DON JUAN     Mi esposa, decid. —Ensilla,°     saddle the horses
Catalinón.
CATALINÓN            ¿Para cuándo?
DON JUAN     Para el alba, que de risa
35            muerta ha de salir mañana
deste engaño.
CATALINÓN           Allá, en Lebrija,

|  |  |  |
|---|---|---|
|  | señor, nos está aguardando | |
|  | otra boda. Por tu vida, | |
|  | que despaches° presto en ésta. | finish |
| DON JUAN | La burla más escogida° | choice |
| 5 | de todas ha de ser ésta. | |
| CATALINÓN | Que saliésemos querría | |
|  | de todas bien. | |
| DON JUAN | Si es mi padre | |
|  | el dueño de la justicia, | |
| 10 | y es la privanza° del Rey, | favorite |
|  | ¿qué temes? | |
| CATALINÓN | De los que privan° | seek special favors |
|  | suele° Dios tomar venganza, | tends |
|  | si delitos no castigan; | |
| 15 | y se suelen en el juego | |
|  | perder también los que miran. | |
|  | Yo he sido mirón° del tuyo, | spectator |
|  | y por mirón no querría | |
|  | que me cogiese° algún rayo° | strike, thunderbolt |
| 20 | y me trocase° en ceniza.° | change, ashes |
| DON JUAN | Vete, ensilla; que mañana | |
|  | he de dormir en Sevilla. | |
| CATALINÓN | ¿En Sevilla? | |
| DON JUAN | Sí. | |
| 25 CATALINÓN | ¿Qué dices? | |
|  | Mira lo que has hecho, y mira | |
|  | que hasta la muerte, señor, | |
|  | es corta la mayor vida, | |
|  | que hay tras la muerte infierno. | |
| 30 DON JUAN | Si tan largo me lo fías, | |
|  | vengan engaños. | |
| CATALINÓN | Señor... | |
| DON JUAN | Vete, que ya me amohinas° | annoy |
|  | con tus temores estraños. | |
| 35 CATALINÓN | Fuerza al Turco, fuerza al Scita, | |
|  | al Persa y al Garamante, | |
|  | al Gallego, al Troglodita, | |

al Alemán y al Japón,[6]
al sastre con la agujita°         *little needle*
de oro en la mano, imitando
contino° a la blanca niña.[7]     **continuo** = constantly

5                           [*Vase.*]

DON JUAN      La noche en negro silencio
               'se estiende,° y ya las cabrillas°    *is blanketed, Pleiades*
               entre racimos° de estrellas        *clusters*
               el polo° más alto pisan.[8]        *pole*
10              Yo quiero poner mi engaño
               por obra. El amor me guía
               a mi inclinación, de quien
               no hay hombre que se resista.
               Quiero llegar a la cama.
15             ¡Aminta!

            [*Sale Aminta, como que está acostada.*]

AMINTA              ¿Quién llama a Aminta?
               ¿Es mi Batricio?
DON JUAN               No soy
20             tu Batricio.
AMINTA             Pues, ¿quién?
DON JUAN                 Mira
               'de espacio,° Aminta, quién soy.      *slowly*
AMINTA             ¡Ay de mí! ¡Yo soy perdida!
25             ¿En mi aposento a estas horas?
DON JUAN             Estas son las horas mías.
AMINTA             Volveos,° que 'daré voces.°    *turn around, I'll scream*
               No excedáis° la cortesía        *abuse*
               que a mi Batricio se debe.
30             Ved que hay romanas Emilias

---

[6] The nationalities listed are Turkish, Scythian, Persian, Libyan, Galician (of Spain), Troglodyte, German, and Japanese.

[7] The *blanca niña* alludes to a well known ballad about a child seamstress.

[8] **Ya las cabrillas...** *The Pleiades (a constellation of seven stars situated in the sign of Taurus) between clusters of stars are already starting to see the break of day*

|  |  |  |
|---|---|---|
|  | en Dos Hermanas también, | |
|  | y hay Lucrecias vengativas.°⁹ | vengeful |
| DON JUAN | Escúchame dos palabras, | |
|  | y esconde de las mejillas° | cheeks |
| 5 | en el corazon la grana,° | blush |
|  | por ti más preciosa y rica. | |
| AMINTA | Vete, que vendrá mi esposo. | |
| DON JUAN | Yo lo soy. ¿De qué te admiras? | |
| AMINTA | ¿Desde cuándo? | |
| 10 DON JUAN | Desde agora. | |
| AMINTA | ¿Quién lo ha tratado?¹⁰ | |
| DON JUAN | Mi dicha. | |
| AMINTA | ¿Y quién nos casó? | |
| DON JUAN | Tus ojos. | |
| 15 AMINTA | ¿Con qué poder? | |
| DON JUAN | Con la vista. | |
| AMINTA | ¿Sábelo Batricio? | |
| DON JUAN | Sí, | |
|  | que te olvida. | |
| 20 AMINTA | ¿Que me olvida? | |
| DON JUAN | Sí, que yo te adoro. | |
| AMINTA | ¿Cómo? | |
| DON JUAN | Con mis dos brazos. | |
| AMINTA | Desvía. | |
| 25 DON JUAN | ¿Cómo puedo, si es verdad | |
|  | que muero? | |
| AMINTA | ¡Qué gran mentira°! | lie |
| DON JUAN | Aminta, escucha y sabrás, | |
|  | si quieres que te lo diga, | |
| 30 | la verdad; que las mujeres | |
|  | sois de verdades amigas. | |
|  | Yo soy noble caballero, | |
|  | cabeza de la familia | |
|  | de los Tenorios antiguos, | |
| 35 | ganadores° de Sevilla. | conquerors |

---

⁹ Æmilia and Lucretia were two legendary women of Antiquity. Æmilia, the wife of Scipio the African, is an example of spousal fidelity. Lucretia commited suicide in front of her own husband after Sextus Tarquinius raped her. Before her suicide, Lucretia enjoined her husband and his friends to avenge her.

¹⁰ **¿Quién lo ha tratado?** *Who has arranged it?*

Mi padre, después del Rey,
'se reverencia° y estima,          *is revered*
y en la corte, de sus labios
pende° la muerte o la vida.          *hangs*
5   Corriendo el camino acaso,
llegué a verte; que amor guía
tal vez las cosas de suerte,
que él mismo dellas se olvida.
Vite, adoréte, abraséme
10   tanto, que tu amor me anima°          *encourages*
a que contigo me case;
mira qué acción tan precisa.°          *necessary*
Y aunque lo mormure° el reino,°          **murmure** = grumble,
y aunque el Rey lo contradiga,°          kingdom; may contest
15   y aunque mi padre enojado°          *angry*
con amenazas° lo impida,          *threats*
tu esposo tengo de ser.
¿Qué dices?

AMINTA                 No sé qué diga,
20   que se encubren tus verdades
con retóricas° mentiras.          *crafty*
Porque si estoy desposada,
como es cosa conocida,
con Batricio, el matrimonio
25   'no se absuelve° aunque él desista.°          *is not annulled, backs*

DON JUAN   En no siendo consumado,°          *down; consummated*
por engaño o por malicia°          *malice*
puede anularse.

AMINTA                 En Batricio
30   toda fue verdad sencilla.°          *simple*

DON JUAN   Ahora bien, dame esa mano,
y esta voluntad confirma
con ella.

AMINTA             ¿Que no me engañas?
35   DON JUAN   Mío el engaño sería.

AMINTA   Pues jura que cumplirás
la palabra prometida.

DON JUAN   Juro a esta mano, señora,
infierno de nieve fría,
40   de cumplirte la palabra.

| | |
|---|---|
| AMINTA | Jura a Dios que te maldiga[11] |
| | si no la cumples. |
| DON JUAN |                Si acaso |
| | la palabra y la fe mía |
5 | | te faltare,° ruego a Dios — should fail |
| | que a traición y alevosía° — treachery |
| | me dé muerte un hombre... (muerto: |
| | que vivo, ¡Dios no permita!) |
| AMINTA | Pues con ese juramento° — oath |
10 | | soy tu esposa. |
| DON JUAN |             El alma mía |
| | entre los brazos te ofrezco. |
| AMINTA | Tuya es el alma y la vida. |
| DON JUAN | ¡Ay, Aminta de mis ojos! |
15 | | Mañana sobre virillas[12] |
| | de tersa° plata° estrellada° — polished, silver, spangled |
| | con clavos° de oro de Tíbar[13] — studs |
| | pondrás los hermosos pies, |
| | y en prisión de gargantillas° — necklaces |
20 | | la alabastrina° garganta,° — alabaster white, throat |
| | y los dedos en sortijas,° — rings |
| | en cuyo engaste° parezcan° — setting, may appear |
| | trasparentes perlas finas.[14] |
| AMINTA | A tu voluntad, esposo, |
25 | | la mía desde hoy 'se inclina.° — bends |
| | Tuya soy. |
| DON JUAN |         (¡Qué mal conoces |
| | al Burlador de Sevilla!) |

[*Vanse. Sale Isabel y Fabio, de camino a Sevilla.*]

---

[11] **Jura a Dios...** *Swear to God that He may damn you*

[12] **Virillas** were ornaments on a woman's shoe that served to fasten the shoe leather to the sole.

[13] **Tíbar** refers to the Gold Coast of Africa. The gold from this region had a reputation during the seventeenth century for being very pure and desirable

[14] The verb *pondrás* has three direct objects here: *pies*, *garganta*, and *dedos*.

| | | |
|---|---|---|
| ISABELA | ¡Que me robase 'el dueño°!¹⁵ | my lord |
| | ¡La prenda° que estimaba y más quería! | beloved person or thing |
| | ¡Oh rigoroso° empeño° | cruel, persistence |
| | de la verdad! ¡Oh máscara° del día! | mask |
| 5 | ¡Noche al fin, tenebrosa° | shadowy |
| | antípoda del sol, del sueño esposa! | |
| FABIO | ¿De qué sirve, Isabela, | |
| | el amor en el alma y en los ojos, | |
| | si amor todo es cautela, | |
| 10 | y en campos de desdenes causa enojos, | |
| | si el que se ríe agora | |
| | en breve espacio desventuras llora? | |
| | El mar está alterado° | disturbed |
| | y en grave temporal,° 'riesgo se corre.° | storm, one runs a risk |
| 15 | El abrigo han tomado | |
| | las galeras, Duquesa, de la torre | |
| | que esta playa corona. | |
| ISABELA | ¿Dónde estamos? | |
| FABIO | En Tarragona. | |
| 20 | De aquí a poco espacio¹⁶ | |
| | daremos° en Valencia,¹⁷ ciudad bella, | we will arrive |
| | del mismo sol palacio. | |
| | Divertiráste° algunos días en ella, | you will amuse your- |
| | y después a Sevilla | self |
| 25 | irás a ver la octava maravilla. | |
| | Que si a Octavio perdiste, | |
| | más galán es don Juan, y de Tenorio | |
| | solar. ¿De qué estás triste? | |
| | Conde dicen que es ya don Juan Tenorio; | |
| 30 | el Rey con él te casa, | |
| | y el padre es la privanza de su casa. | |
| ISABELA | No nace mi tristeza | |
| | de ser esposa de don Juan, que el mundo | |
| | conoce su nobleza.° | noble rank |

---

¹⁵ It is unclear whether *el dueño* refers to don Juan (as grammatical subject) or don Octavio (as grammatical object). This would have an impact on the significance of *la prenda*.

¹⁶ **De aquí...** *In a little while*

¹⁷ Valencia is a city in Spain on the Mediterranean coast, southwest of Tarragona.

|  | | |
|---|---|---|
| | En 'la esparcida voz° mi agravio fundo,° | gossip, I base |
| | que esta opinión perdida | |
| | es de llorar mientras tuviere° vida. | I have |
| FABIO | Allí una pescadora | |
| 5 | tiernamente° suspira° y se lamenta, | softly, sighs |
| | y dulcemente llora. | |
| | Acá viene, sin duda, y 'verte intenta.° | endeavors to see you |
| | Mientras llamo tu gente, | |
| | lamentaréis las dos más dulcemente. | |

10              [*Vase Fabio y sale Tisbea.*]

|  | | |
|---|---|---|
| TISBEA | Robusto° mar de España,[18] | vigorous |
| | ondas de fuego, fugitivas ondas, | |
| | Troya de mi cabaña, | |
| | que ya el fuego, por mares y por ondas, | |
| 15 | en sus abismos° fragua,° | depths, creates |
| | y el mar forma,° por las llamas, agua. | gives shape to |
| | ¡Maldito el leño° sea | ship |
| | que a tu amargo cristal° halló camino, | water |
| | antojo° de Medea,[19] | whim |
| 20 | tu cáñamo° primero o primer lino,° | hempcloth sail, linen sail |
| | aspado° de los vientos | cross-shaped |
| | para telas° de engaños e instrumentos! | fabrics, snares |
| ISABELA | ¿Por qué del mar te quejas | |
| | tan tiernamente, hermosa pescadora? | |
| 25 TISBEA | Al mar formo mil quejas. | |
| | ¡Dichosa vos, que en su tormento, agora | |
| | dél os estáis riendo! | |
| ISABELA | También quejas del mar estoy haciendo. | |
| | ¿De dónde sois? | |
| 30 TISBEA | De aquellas | |
| | cabañas que miráis del viento heridas° | damaged |
| | tan vitorioso° entre ellas, | **victorioso** = victorious |
| | cuyas pobres paredes° desparcidas° | walls, scattered |
| | van en pedazos° graves, | pieces |

[18] The Mediterranean Sea.
[19] In Greek legend, Medea was a sorceress in love with Jason, and she helped him in his maritime quest for the Golden Fleece.

dando en mil grietas° nidos a las aves.      cracks
 En sus pajas me dieron
corazón de fortísimo° diamante°;     the strongest, diamond
mas las obras me hicieron
5 deste monstruo que ves tan arrogante,
ablandarme° de suerte,        soften
que al sol la cera es más robusta y fuerte.
 ¿Sois vos la Europa hermosa
que esos toros os llevan?[20]

10 ISABELA        A Sevilla
llévanme a ser esposa
contra mi voluntad.

  TISBEA      Si mi mancilla°   dishonor
a lástima os provoca,
15 y si injurias° del mar os tienen loca,   affronts
 en vuestra compañía
para serviros como humilde esclava
me llevad; que quería,
si el dolor o la afrenta° no me acaba,   offense
20 pedir al Rey justicia
de un engaño cruel, de una malicia.
 Del agua derrotado,°      worn down
a esta tierra llegó don Juan Tenorio,
difunto° y anegado.       as good as dead
25 Amparéle, hospedéle en tan notorio
peligro, y el vil güésped°     **huésped** = guest
víbora fue a mi planta en tierno césped.[21]
 Con palabra de esposo,
la que de esta costa burla hacía
30 'se rindió° al engañoso.°     I gave in, trickster
¡Mal haya la mujer que en hombres fía!
Fuése al fin, y dejóme;
mira si es justo que venganza tome.

  ISABELA  ¡Calla, mujer maldita!
35 Vete de mi presencia, que me has muerto.
Mas si el dolor te incita,

---

[20] In Greek myth, Zeus assumed the form of a bull in order to abduct Europa, a Phœnician princess.

[21] **El vil güésped...** *The vile guest dishonored me in my own bed*

|            | no tienes culpa tú; prosigue el cuento. |
|------------|------------------------------------------|
| TISBEA     | La dicha fuera mía.²² |
| ISABELA    | ¡Mal haya la mujer que en hombres fía! |
|            | ¿Quién tiene de ir contigo? |
| 5 TISBEA   | Un pescador, Anfriso; un pobre padre |
|            | de mis males testigo.°          witness |
| ISABELA    | (No hay venganza que a mi mal tanto le |
|            | cuadre.°)                    corresponds |
|            | Ven en mi compañía. |
| 10 TISBEA  | ¡Mal haya la mujer que en hombres fía! |

[*Vanse. Sale Don Juan y Catalinón. Sevilla.*]

|               | |
|---------------|--|
| CATALINÓN     | Todo en mal estado está. |
| DON JUAN      | ¿Cómo? |
| CATALINÓN     | Que Octavio ha sabido |
| 15            | la traición de Italia ya, |
|               | y el° de la Mota ofendido          = el marqués |
|               | de ti justas quejas da, |
|               | y dice al fin que el recaudo |
|               | que de su prima le diste |
| 20            | fingido° y disimulado,°       fake, deceitful |
|               | y con su capa emprendiste |
|               | la traición que le 'ha infamado.°   has defamed |
|               | Dice que viene Isabela |
|               | a que seas su marido, |
| 25            | y dicen... |
| DON JUAN      | ¡Calla! |
| CATALINÓN     | Una muela°          tooth |
|               | en la boca me has rompido.°      roto |
| DON JUAN      | Hablador, ¿quién te revela°      tells |
| 30            | tantos disparates° juntos?      nonsense |
| CATALINÓN     | ¿Disparate? |
| DON JUAN      | Disparate. |
|               | Verdades son. |
| DON JUAN      | No pregunto |
| 35            | si lo son. Cuando° me mate       even if |
|               | Otavio, ¿estoy yo difunto? |

---

²² **La dicha...** *Would that I had the good fortune*

|  | ¿No tengo manos también? |  |
|---|---|---|
|  | ¿Dónde me tienes posada? |  |
| CATALINÓN | En la calle, oculta.° | hidden |
| DON JUAN | Bien. |  |
| 5 CATALINÓN | La Iglesia es 'tierra sagrada.° | sanctuary |
| DON JUAN | Di que de día me den |  |
|  | en ella la muerte. ¿Viste |  |
|  | al novio de Dos Hermanas?[23] |  |
| CATALINÓN | También le vi ansiado° y triste. | anguished |
| 10 DON JUAN | Aminta, estas dos semanas, |  |
|  | no ha de caer en el chiste. |  |
| CATALINÓN | Tan bien engañada está, |  |
|  | que se llama doña Aminta. |  |
| DON JUAN | ¡Graciosa° burla será! | hilarious |
| 15 CATALINÓN | Graciosa burla y sucinta, |  |
|  | mas siempre la llorará. |  |

[Descúbrese un sepulcro de don Gonzalo de Ulloa.]

|  |  |  |
|---|---|---|
| DON JUAN | ¿Qué sepulcro es éste? |  |
| 20 CATALINÓN | Aquí |  |
|  | don Gonzalo está enterrado. |  |
| DON JUAN | Este es al que muerte di. |  |
|  | ¡Gran sepulcro le 'han labrado°! | they have made |
| CATALINÓN | Ordenólo el Rey ansí. |  |
| 25 | ¿Cómo dice este letrero°? | inscription |
| DON JUAN | «Aquí aguarda del Señor |  |
|  | el más leal° caballero | loyal |
|  | la venganza de un traidor.» |  |
|  | ¡Del mote° reírme quiero! | phrase |
| 30 | ¿Y habéisos vos de vengar, |  |
|  | buen viejo, barbas de piedra? |  |
| CATALINÓN | No se las podrás pelar,° | pluck |
|  | que en barbas muy fuertes medra.° | thrives |
| DON JUAN | Aquesta noche a cenar |  |
| 35 | os aguardo en mi posada. |  |
|  | Allí el desafío haremos, |  |
|  | si la venganza os agrada, |  |

[23] Refers to Batricio.

|   |   |   |
|---|---|---|

aunque mal reñir° podremos,                          fight
si es de piedra vuestra espada.

CATALINÓN     Ya, señor, ha anochecido;
'vámonos a recoger.°                                 let's go home

5  DON JUAN    Larga esta venganza ha sido.
Si es que vos la habéis de hacer,
importa no estar dormido.°                           asleep
    Que si a la muerte aguardáis
la venganza, la esperanza
10 agora es bien que perdáis,
pues vuestro enojo y venganza
tan largo me lo fiáis.

           [*Vanse, y ponen la mesa° dos criados.*]          set the table

15 CRIADO 1   Quiero apercebir° la cena,°               get ready, supper
que vendrá a cenar don Juan.
CRIADO 2    Puestas las mesas están.
¡Qué flema° tiene si empieza!                         sluggishness
    Ya tarda como solía
20 mi señor; no me contenta.
La bebida 'se calienta°                               is getting warm
y la comida 'se enfría.°                              is getting cold
    Mas, ¿quién a don Juan ordena
esta desorden?²⁴

25          [*Entra don Juan y Catalinón.*]

DON JUAN              ¿Cerraste?°                      Did you lock the door?
CATALINÓN   Ya cerré como mandaste.
DON JUAN    ¡Hola! Tráiganme la cena.
Criado 2    Ya está aquí.
30 DON JUAN       Catalinón,
siéntate.
CATALINÓN        Yo soy amigo
de cenar 'de espacio.°                                apart
DON JUAN                    Digo
35 que te sientes.

---

²⁴ **¿Quién a don Juan...** *who can bring order out of don Juan's disorder?*

| CATALINÓN | La razón |
| | haré.[25] |
| CRIADO 1 | También es camino |
| | éste, si come con él.[26] |
| 5  DON JUAN | Siéntate. |

[*Un golpe° dentro.*]                                    knock

| CATALINÓN | Golpe es aquél. |
| DON JUAN | Que llamaron imagino. |
| | Mira quién es. |
| 10  Criado 1 | 'Voy volando.°                          right away |
| CATALINÓN | ¿Si es la justicia, señor? |
| DON JUAN | Sea,° no tengas temor.                    if it be |

[*Vuelve el criado, huyendo.*]

| 15 | ¿Quién es? ¿De qué estás temblando°?        trembling |
| CATALINÓN | De algún mal 'da testimonio.°            bears witness |
| DON JUAN | Mal mi cólera° resisto.                   anger |
| | Habla, responde, ¿qué has visto? |
| | ¿Asombróte algún demonio?— |
| 20 | Ve tú, y mira aquella puerta. |
| | Presto, acaba. |
| CATALINÓN | ¿Yo? |
| DON JUAN | Tú, pues. |
| | Acaba, menea° los pies.                    move |
| 25  CATALINÓN | A mi agüela° hallaron muerta            **abuela** |
| | como racimo° colgada,°                    tree branch, hanging |
| | y desde entonces se suena |
| | que anda siempre su alma en pena. |
| | Tanto golpe no me agrada. |
| 30  DON JUAN | Acaba. |
| CATALINÓN | Señor, si sabes |
| | que soy un Catalinón... |
| DON JUAN | Acaba. |

---

[25] **La razón...** *I'll accept your invitation*

[26] Don Juan treats Catalinón as a fellow traveler, a privilege accorded servants traveling with their masters.

| | | |
|---|---|---|
| CATALINÓN | ¡Fuerte ocasión! | |
| DON JUAN | ¿No vas? | |
| CATALINÓN | ¿Quién tiene las llaves | |
| | de la puerta? | |

5  CRIADO 2                    Con la aldaba°                latch
está cerrada no más.

DON JUAN          ¿Qué tienes? ¿Por qué no vas?

CATALINÓN        Hoy Catalinón acaba.
                ¿Mas si las forzadas° vienen       victimized women

10                a vengarse de los dos?

*[Llega Catalinón a la puerta, y viene corriendo, cae*
*y levántase.]*

DON JUAN        ¿Qué es eso?

CATALINÓN              ¡Válgame Dios!

15            ¡Que me matan, que me tienen!

DON JUAN         ¿Quién te tiene? ¿Quién te mata?
            ¿Qué has visto?

CATALINÓN              Señor, yo allí
              vide° cuando...luego fui...            vi

20            ¿Quién me ase°? ¿Quién me arrebata°?   is grabbing, is snatching
             Llegué, cuando después ciego°...   away; blind
             cuando vile°—¡juro a Dios!—     lo vi
             habló, y dijo, «¿Quién sois vos?»...
             respondió...respondí luego...

25                topé° y vide...          I bumped into

DON JUAN              ¿A quién?

CATALINÓN                No sé.

DON JUAN         ¡Cómo el vino desatina°!       makes one silly
         Dame la vela, gallina,°        coward

30         y yo a quien llama veré.

*[Toma don Juan la vela y llega a la puerta. ˘sale al*
*encuentro° don Gonzalo, en la forma que estaba en el*   meets him head-on
*sepulcro,*[27] *y don Juan ˘se retira atrás° turbado,°*   steps back, vexed
*empuñando° la espada, y en la otra la vela, y don*   clenching

---

[27] Gonzalo is a ghost, and he appears in the form in which Juan mockingly
invited him to dinner

*Gonzalo hacia él, con pasos menudos, y 'al compás°     in time
don Juan, retirándose hasta estar en medio del teatro.]*

| | | |
|---|---|---|
| DON JUAN | ¿Quién va? | |
| DON GONZ. | Yo soy. | |
| 5 DON JUAN | ¿Quién sois vos? | |
| DON GONZ. | Soy el caballero honrado | |
| | que a cenar has convidado. | |
| DON JUAN | Cena habrá para los dos, | |
| | y si vienen más contigo, | |
| 10 | para todos cena habrá. | |
| | Ya puesta la mesa está. | |
| | Siéntate. | |
| CATALINÓN | ¡Dios sea conmigo! | |
| | ¡San Panuncio! ¡San Antón![28] | |
| 15 | Pues, ¿los muertos comen? Di.— | |
| | 'Por señas° dice que sí. | with gestures |
| DON JUAN | Siéntate, Catalinón. | |
| CATALINÓN | No, señor, yo lo recibo | |
| | por cenado.[29] | |
| 20 DON JUAN | Es desconcierto | |
| | que temor tienes a un muerto. | |
| | ¿Qué hicieras estando vivo? | |
| | ¡Necio y villano temor! | |
| CATALINÓN | Cena con tu convidado,° | guest |
| 25 | que yo, señor, ya he cenado. | |
| DON JUAN | ¿He de enojarme? | |
| CATALINÓN | Señor, | |
| | ¡vive Dios, que güelo° mal![30] | **huelo** = I smell |
| DON JUAN | Llega, que aguardando estoy. | |
| 30 CATALINÓN | Yo pienso que muerto soy, | |
| | y está muerto mi arrabal.°[31] | buttocks |

[*Tiemblan los criados.*]

---

[28] Catalinón follows the *gracioso*'s tradition of invoking saints with odd names.

[29] **Yo lo recibo...** *Let's pretend I've already eaten this meal with you*

[30] Catalinón has soiled his breeches.

[31] **Está muerto...** *I feel like my buttocks have met their demise*

| | | |
|---|---|---|
| DON JUAN | Y vosotros, ¿qué decís? | |
| | ¿Qué hacéis? ¡Necio temblar°! | trembling |
| CATALINÓN | Nunca quisiera cenar | |
| | con gente de otro país. | |
| 5 | ¿Yo, señor, con convidado | |
| | de piedra? | |
| DON JUAN | ¡Necio temer°! fear | |
| | Si es piedra, ¿qué te ha de hacer? | |
| CATALINÓN | Dejarme descalabrado.° | with a head wound |
| 10 DON JUAN | Háblale con cortesía. | |
| CATALINÓN | ¿Está bueno? ¿Es buena tierra | |
| | la otra vida? ¿Es llano o sierra? | |
| | ¿Prémiase allá la poesía°? | poetry |
| CRIADO 1 | A todo dice que sí, | |
| 15 | con la cabeza. | |
| CATALINÓN | ¿Hay allá | |
| | muchas tabernas°? Sí habrá, | taverns |
| | si Noé reside allí.³² | |
| DON JUAN | ¡Hola! Dadnos de beber. | |
| 20 CATALINÓN | Señor muerto, ¿allá se bebe | |
| | con nieve? [*Baja la cabeza.*] | |
| | Así, que hay nieve. | |
| | ¡Buen país! | |
| DON JUAN | Si oír cantar | |
| 25 | queréis, cantarán. [*Baja la cabeza.*] | |
| CRIADO 2 | Sí, dijo. | |
| DON JUAN | Cantad. | |
| CATALINÓN | Tiene el seor° muerto | señor |
| | buen gusto. | |
| 30 CRIADO 1 | Es noble, por cierto, | |
| | y amigo de regocijo. | |
| | | |
| MÚSICOS | *Si de mi amor aguardáis,* | |
| | *señora, de aquesta suerte* | |
| | *el galardón en la muerte,* | |
| 35 | *¡qué largo me lo fiáis!* | |

---

³² In the Old Testament, Noah is credited with the invention of wine (Gen. 9:20)

| | | |
|---|---|---|
| CATALINÓN | O es sin duda veraniego° | on a summer schedule |
| | el seor muerto,[33] o debe ser | |
| | hombre de poco comer. | |
| | Temblando al plato me llego. | |
| 5 | Poco beben por allá. [*Bebe.*] | |
| | Yo beberé por los dos. | |
| | Brindis° de piedra, ¡por Dios! | toast |
| | Menos temor tengo ya. | |
| | | |
| MÚSICOS | *Si ese plazo° me convida* | period of time |
| 10 | *para que gozaros pueda,* | |
| | *pues larga vida me queda,* | |
| | *dejad que pase la vida.* | |
| | *Si de mi amor aguardáis,* | |
| | *señora, de aquesta suerte,* | |
| 15 | *el galardón en la muerte,* | |
| | *¡qué largo me lo fiáis!* | |
| | | |
| CATALINÓN | ¿Con cuál de tantas mujeres | |
| | como has burlado, señor, | |
| | hablan? | |
| 20   DON JUAN | De todas me río, | |
| | amigo, en esta ocasión. | |
| | En Nápoles a Isabela... | |
| CATALINÓN | Esa, señor, ya no es hoy | |
| | burlada, porque se casa | |
| 25 | contigo, como es razón. | |
| | Burlaste a la pescadora | |
| | que del mar te redimió,° | brought you back to life |
| | pagándole el hospedaje | |
| | 'en moneda de rigor.° | in harsh coin |
| 30 | Burlaste a doña Ana... | |
| DON JUAN | Calla, | |
| | que hay parte° aquí que lastó° | someone, suffered |
| | por ella, y vengarse aguarda. | |
| CATALINÓN | Hombre es de mucho valor; | |
| 35 | que él es piedra, tú eres carne. | |

---

[33] The heat was often blamed if a person had a meager appetite during the summer months.

No es buena resolución.

*[Hace señas que se quite la mesa, y queden solos.]*

| | |
|---|---|
| DON JUAN | ¡Hola! Quitad esa mesa, |

que hace señas que los dos
5      nos quedemos, y se vayan
los demás.

CATALINÓN                    ¡Malo por Dios!
No te quedes, porque hay muerto
que mata de un mojicón°                                    punch
10     a un gigante.

DON JUAN                    Salíos todos.
¡A ser yo Catalinón!
Vete, que viene.

*[Vanse, y quedan los dos solos, y hace señas que cierre*
15                        *la puerta.]*

La puerta
ya está cerrada. Ya estoy
aguardando. Di, ¿qué quieres,
sombra o fantasma° o visión?                              ghost
20     Si andas en pena,[34] o si aguardas
alguna satisfación
para tu remedio, dilo,
que mi palabra te doy
de hacer lo que me ordenares.°                            command
25     ¿Estás gozando de Dios?
¿Dite la muerte en pecado?
Habla, que suspenso° estoy.                                in suspense

*[Habla paso,° como cosa del otro mundo.]*                 softly

DON GONZ.      ¿Cumplirásme una palabra
30     como caballero?

DON JUAN                    Honor
tengo, y las palabras cumplo,

---

[34]**Si andas...** *if you're a soul in torment*

|            |                                      |
|------------|--------------------------------------|
|            | porque caballero soy.                |
| DON GONZ.  | Dame esa mano, no temas.             |
| DON JUAN   | ¿Eso dices? ¿Yo, temor?              |
|            | Si fueras el mismo infierno          |
| 5          | la mano te diera yo.                 |

*[Dale la mano.]*

|            |                                      |
|------------|--------------------------------------|
| DON GONZ.  | Bajo esta palabra y mano,            |
|            | mañana a las diez estoy              |
|            | para cenar aguardando.               |
| 10         | ¿Irás?                               |
| DON JUAN   |         Empresa mayor                |
|            | entendí que me pedías;               |
|            | mañana tu huésped soy.               |
|            | ¿Dónde he de ir?                     |
| 15  DON GONZ.  |                   A mi capilla.°    chapel  |
| DON JUAN   | ¿Iré solo?                           |
| DON GONZ.  |           No, los dos;               |
|            | y cúmpleme la palabra                |
|            | como la he cumplido yo.              |
| 20  DON JUAN | Digo que la cumpliré,              |
|            | que soy Tenorio.                     |
| DON GONZ.  |                   Yo soy             |
|            | Ulloa.                               |
| DON JUAN   |         Yo iré sin falta.            |
| 25  DON GONZ. | Y yo lo creo. Adiós.              |

*[Va a la puerta.]*

|            |                                      |
|------------|--------------------------------------|
| DON JUAN   | Aguarda, iréte alumbrando.           |
| DON GONZ.  | No alombres,° que en gracia estoy.[35]    **alumbres** |

*[Vase muy poco a poco, mirando a don Juan, y don Juan a*
30    *él, hasta que desaparece,° y queda don Juan con pavor.°]*    he disappears, fear

|            |                                      |
|------------|--------------------------------------|
| DON JUAN   | ¡Válgame Dios! Todo el cuerpo        |
|            | se ha bañado de un sudor,            |

---

[35] Don Gonzalo's soul is not in hell; he died in a state of grace.

y dentro de las entrañas
se me yela° el corazon.                                    **hiela** = freezes
Cuando me tomó la mano,
de suerte me la apretó,°                                   squeezed
5   que un infierno parecía;
jamás° vide tal calor.                                     never before
Un aliento respiraba,
organizando la voz,[36]
tan frío, que parecía
10  infernal respiración.
Pero todas son ideas
que da la imaginación;
el temor y temer muertos
es más villano temor.
15  Que si un cuerpo noble, vivo,
con potencias° y razón                                     faculties
y con alma no se teme,
¿quién cuerpos muertos temió?
Mañana iré a la capilla
20  donde convidado soy,
porque se admire y espante
Sevilla de mi valor.

[*Vase. Sale el Rey, y don Diego Tenorio, y acompañamiento.*]

REY                 ¿Llegó al fin Isabela?
25  DON DIEGO                        Y disgustada.
REY          Pues, ¿no ha tomado bien el casamiento?
DON DIEGO    Siente, señor, el nombre° de infamada.°          reputation, defamed
REY          De otra causa procede° su tormento.             woman; comes from
¿Dónde está?
30  DON DIEGO                 En el Convento está alojada°    housed
de las Descalzas.°[37]                                     barefoot
REY                          Salga del convento
luego al punto, que quiero que en palacio
'asista con° la Reina más de espacio.                      she accompanies

---

[36] **Organizando...** *as he formed his words*
[37] Probably refers to the Convent of the Descalced Carmelites of Santa Clara,
in Seville.

| | |
|---|---|
| DON DIEGO | Si ha de ser con don Juan el desposorio, |
| | manda, señor, que tu presencia vea. |
| REY | Véame, y galán salga, que notorio |
| | quiero que este placer al mundo sea. |

5              Conde será desde hoy don Juan Tenorio
de Lebrija; él la mande y la posea°;                  possess
que si Isabela a un Duque corresponde,°       is an appropriate match
ya que ha perdido un Duque, gane un  Conde.

DON DIEGO        Todos por la merced tus pies besamos.

10  REY           Merecéis mi favor tan dignamente,°       worthily
que si aquí los servicios ponderamos,
me quedo atrás con el favor presente.[38]
Paréceme, don Diego, que hoy hagamos
las bodas de doña Ana juntamente.°           jointly

15  DON DIEGO     ¿Con Otavio?

REY                    No es bien que el Duque Octavio
sea el restaurador° de aqueste agravio.       restorer
      Doña Ana con la Reina me ha pedido
que perdone al Marqués, porque doña Ana,

20             ya que el padre murió, quiere marido;
porque si le perdió, con él le gana.
Iréis con poca gente y sin ruido
luego a hablalle a la fuerza de Triana;[39]
y por satisfación y por su abono°          payment

25             de su agraviada prima, le perdono.

DON DIEGO        Ya he visto lo que tanto deseaba.

REY            Que esta noche han de ser, podéis decille,
los desposorios.

DON DIEGO                 Todo en bien se acaba.

30             Fácil será al Marqués el persuadille,
que de su prima amartelado° estaba.       enamored

REY            También podéis a Octavio prevenille.
Desdichado es el Duque con mujeres;
son todas opinión y pareceres.

35             Hanme dicho que está muy enojado
con don Juan.

DON DIEGO         No me espanto si ha sabido

---

[38] **Si aquí...** *Given all that you've done for me, I still fall short*
[39] The Fortress of Triana, a section of Seville.

de don Juan el delito averiguado,
que la causa de tanto daño ha sido.
El Duque viene.

REY                           No dejéis mi lado,
5        que en el delito sois comprehendido.°        **comprendido** = involved

[*Sale el Duque Octavio.*]

OCTAVIO    Los pies, invicto° Rey, me dé tu Alteza.        always victorious
REY        Alzad, Duque, y cubrid vuestra cabeza.[40]
              ¿Qué pedís?
10  OCTAVIO              Vengo a pediros,
           postrado° ante vuestras plantas,        prostrate
           una merced, cosa justa,
           digna de serme otorgada.°        granted
REY        Duque, como justa sea,
15         digo que os doy mi palabra
           de otorgárosla. Pedid.
OCTAVIO    Ya sabes, señor, por cartas
           de tu Embajador, y el mundo
           por la 'lengua de la fama°        rumor
20         sabe, que don Juan Tenorio,
           con española arrogancia,
           en Nápoles una noche,
           para mí noche tan mala,
           con mi nombre profanó
25         el sagrado° de una dama.        sanctity
REY        No pases más adelante°;        further
           ya supe vuestra desgracia.
           En efeto, ¿qué pedís?
OCTAVIO    Licencia que en la campaña°        duel
30         defienda como es traidor.
DON DIEGO  ¡Eso no! Su sangre clara
           es tan honrada...
REY                           ¡Don Diego!
DON DIEGO  Señor...
35  OCTAVIO            ¿Quién eres, que hablas
           en la presencia del Rey

---

[40] A grandee was privileged to keep his hat on in the presence of royalty.

|            |                                              |                           |
|------------|----------------------------------------------|---------------------------|
|            | de esa suerte?                               |                           |
| DON DIEGO  | Soy quien calla,                             |                           |
|            | porque me lo manda el Rey;                   |                           |
|            | que si no, con esta espada                   |                           |
| 5          | te respondiera.                              |                           |
| OCTAVIO    | Eres viejo.                                   |                           |
| DON DIEGO  | Ya he sido mozo en Italia,                   |                           |
|            | 'a vuestro pesar,° un tiempo;                | to your detriment and     |
|            | ya conocieron mi espada                      | regret                    |
| 10         | en Nápoles y en Milán.                       |                           |
| OCTAVIO    | Tienes ya la sangre helada.                  |                           |
|            | No vale «Fui», sino «Soy».                   |                           |
| DON DIEGO  | Pues fui y soy. [Empuña.⁴¹]                  |                           |
| REY        | Tened, basta,                                 |                           |
| 15         | bueno está. Callad don Diego,                |                           |
|            | que a mi persona se guarda                   |                           |
|            | poco respeto.° Y vos, Duque,                 | respect                   |
|            | después que las bodas se hagan,              |                           |
|            | más de espacio hablaréis.                    |                           |
| 20         | 'Gentilhombre de mi cámara°                  | a chamberlain of mine     |
|            | es don Juan, y hechura° mía,                 | creature                  |
|            | de aqueste tronco° rama.°⁴²                  | tree trunk, branch        |
|            | Mirad por él.                                |                           |
| OCTAVIO    | Yo lo haré,                                    |                           |
| 25         | gran señor, como lo mandas.                  |                           |
| REY        | Venid conmigo, don Diego.                    |                           |
| DON DIEGO  | (¡Ay, hijo, qué mal me pagas                 |                           |
|            | el amor que te he tenido!)                   |                           |
| REY        | Duque...                                      |                           |
| 30 OCTAVIO | Gran señor...                                 |                           |
| REY        | Mañana                                        |                           |
|            | vuestras bodas se han de hacer.              |                           |
| OCTAVIO    | Háganse, pues tú lo mandas.                  |                           |

[*Vase el Rey, y don Diego, y sale Gaseno y Aminta.*]

---

⁴¹ It was considered disrespectful for nobles to threaten combat and engage
in fights with each other in front of the King.

⁴² The King is pointing to Diego, Juan Tenorio's father.

| GASENO | Este señor nos dirá |
| | dónde está don Juan Tenorio.— |
| | Señor, ¿si está por acá |
| | un don Juan a quien notorio |
5 | | ya su apellido° será? | surname |
| OCTAVIO | Don Juan Tenorio diréis. |
| AMINTA | Sí, señor; ese don Juan. |
| OCTAVIO | Aquí está. ¿Qué le queréis? |
| AMINTA | Es mi esposo ese galán. |
10 | OCTAVIO | ¿Cómo? |
| AMINTA | Pues, ¿no lo sabéis, |
| | siendo del Alcázar vos?[43] |
| OCTAVIO | No me ha dicho don Juan nada. |
| GASENO | ¿Es posible? |
15 | OCTAVIO | Sí, por Dios. |
| GASENO | Doña Aminta es muy honrada. |
| | Cuando se casen los dos, |
| | que cristiana vieja[44] es |
| | hasta los güesos,° y tiene | huesos = bones |
20 | | de la hacienda° el interés | property, estate |
| | que en Dos Hermanas mantiene |
| | más bien que un Conde, un Marqués.[45] |
| | Casóse don Juan con ella, |
| | y quitósela a Batricio. |
25 | AMINTA | Decid como fué doncella |
| | a su poder.[46] |
| GASENO | No es juicio° | lawsuit |
| | esto, ni aquesta querella.[47] |

---

[43] ¿No lo sabéis...? *You don't know about it, even though you're one of the King's men?*
[44] In the Spanish Golden Age, a *cristiano viejo* was a Christian Spaniard without Jewish or Moorish ancestry. At the time, it was considered a mark of distinction to be of "pure Christian" heritage, in particular contrast to the *cristianos nuevos*, who were Jews and Moors recently converted to Christianity. Though caste consciousness was generally a concern of nobles, common people—such as peasants—are frequently depicted as concerned with caste, for humorous purposes.
[45] Tiene de la... *she possesses enough property to make her worthy not just of Counts, but of Marquis, as well*
[46] Decid... *Tell him how you innocently fell into his (don Juan's) hands*
[47] No es juicio... *This is neither a legal petition nor a plea*

| | | |
|---|---|---|
| OCTAVIO | (Esta es burla de don Juan, | |
| | y para venganza mía | |
| | éstos diciéndola están.) | |
| | ¿Qué pedís, al fin? | |
| 5   GASENO | Querría, | |
| | porque los días se van, | |
| | que se hiciese el casamiento, | |
| | o querellarme° ante el Rey. | complain |
| OCTAVIO | Digo que es justo ese intento. | |
| 10  GASENO | Y razón y justa ley. | |
| OCTAVIO | (Medida a mi pensamiento | |
| | ha venido la ocasión.) | |
| | En el Alcázar tenéis | |
| | bodas. | |
| 15  AMINTA | ¿Si las mías son? | |
| OCTAVIO | (Quiero, para que acertemos, | |
| | valerme° de una invención.°) | avail myself, scheme |
| | Venid donde os vestiréis, | |
| | señora, 'a lo cortesano,° | in the courtesan style |
| 20 | y a un cuarto del Rey saldréis | |
| | conmigo. | |
| AMINTA | Vos de la mano | |
| | a don Juan me llevaréis. | |
| OCTAVIO | Que desta suerte es cautela. | |
| 25  GASENO | El arbitrio° me consuela. | plan |
| OCTAVIO | (Estos venganza me dan | |
| | de aqueste traidor don Juan | |
| | y el agravio de Isabela.) | |

[*Vanse. Sale don Juan y Catalinón.*]

| | | |
|---|---|---|
| 30  CATALINÓN | ¿Cómo el Rey te recibió? | |
| DON JUAN | Con más amor que mi padre. | |
| CATALINÓN | ¿Viste a Isabela? | |
| DON JUAN | También. | |
| CATALINÓN | ¿Cómo viene? | |
| 35  DON JUAN | Como un ángel. | |
| CATALINÓN | ¿Recibióte bien? | |
| DON JUAN | El rostro | |
| | bañado de leche y sangre, | |
| | como la rosa que al alba | |

|             |                                          |                        |
|-------------|------------------------------------------|------------------------|
|             | revienta° la verde cárcel.°⁴⁸           | busts open, prison     |
| CATALINÓN   | Al fin, ¿esta noche son                  |                        |
|             | las bodas?                               |                        |
| DON JUAN    |                    Sin falta.            |                        |
| 5  CATALINÓN |                        Si antes         |                        |
|             | hubieran sido, no hubieras,              |                        |
|             | señor, engañado a tantas.                |                        |
|             | Pero tú tomas esposa,                    |                        |
|             | señor, con cargas° muy grandes.         | burdens                |
| 10 DON JUAN | Di, ¿comienzas a ser necio?              |                        |
| CATALINÓN   | Y podrás muy bien casarte                |                        |
|             | mañana, que hoy es mal día.              |                        |
| DON JUAN    | Pues, ¿qué día es hoy?                    |                        |
| CATALINÓN   |                    Es martes.⁴⁹         |                        |
| 15 DON JUAN | Mil embusteros° y locos                 | liars                  |
|             | dan en esos disparates.                  |                        |
|             | Sólo aquél llamo mal día,                |                        |
|             | aciago° y detestable,                   | unfortunate            |
|             | en que no tengo dineros,                 |                        |
| 20          | que 'lo demás° es donaire.°            | the rest, a charm      |
| CATALINÓN   | Vamos, si te has de vestir,              |                        |
|             | que te aguardan, y ya es tarde.          |                        |
| DON JUAN    | Otro negocio tenemos                     |                        |
|             | que hacer, aunque nos aguarden.          |                        |
| 25 CATALINÓN | ¿Cuál es?                               |                        |
| DON JUAN    |                Cenar con el muerto.      |                        |
| CATALINÓN   | ¡Necedad° de necedades!                 | foolishness            |
| DON JUAN    | ¿No ves que di mi palabra?               |                        |
| CATALINÓN   | Y cuando se la quebrantes,°             | break                  |
| 30          | ¿qué importa? ¿Ha de pedirte             |                        |
|             | una figura de jasped°                   | veined marble          |
|             | la palabra?                              |                        |
| DON JUAN    |                Podrá el muerto           |                        |
|             | llamarme a voces infame.°               | infamous               |
| 35 CATALINÓN | Ya está cerrada la Iglesia.             |                        |
| DON JUAN    | Llama.                                    |                        |

---

⁴⁸ **El rostro...** *Her face was flushed with red and white, like the rose that breaks from its leafy prison at daybreak*

⁴⁹ Refers to the Spanish proverb *«en martes, ni te cases ni te embarques»*.

| | | |
|---|---|---|
| CATALINÓN | ¿Qué importa que llame? | |
| | ¿Quién tiene de abrir? que están | |
| | durmiendo los sacristanes.° | sextons |
| DON JUAN | Llama a ese postigo.° | small door |
| 5   CATALINÓN | Abierto | |
| | está. | |
| DON JUAN | Pues entra. | |
| CATALINÓN | Entre un fraile° | cleric |
| | con su hisopo° y estola.°⁵⁰ | hyssop, stole |
| 10   DON JUAN | Sígueme y calla. | |
| CATALINÓN | ¿Que calle? | |
| DON JUAN | Sí. | |
| CATALINÓN | Que callo. (¡Dios en paz | |
| | destos convites° me saque!) | invitations |

15      [*Entran por una puerta, y salen por otra.*]

| | | |
|---|---|---|
| | ¡Qué escura° que está la Iglesia, | obscura |
| | señor, para ser tan grande! | |
| | ¡Ay de mí! ¡Tenme,° señor, | hold on to me |
| | porque de la capa me asen! | |

20      [*Sale don Gonzalo como de antes, y encuéntrase con ellos.*]

| | | |
|---|---|---|
| DON JUAN | ¿Quién va? | |
| DON GONZ. | Yo soy. | |
| CATALINÓN | ¡Muerto estoy! | |
| DON GONZ. | El muerto soy, no te espantes. | |
| 25 | No entendí que me cumplieras | |
| | la palabra, según° haces | given that |
| | de todos burla. | |
| DON JUAN | ¿Me tienes | |
| | en opinión de cobarde? | |
| 30   DON GONZ. | Sí, que aquella noche huiste | |
| | de mí cuando me mataste. | |
| DON JUAN | Huí de ser conocido, | |

---

⁵⁰ Hyssop was a plant whose twigs were used in ceremonial sprinkling. A stole was an ecclesiastical vestment worn over the cleric's shoulders and arranged to hang down in front to the knee or below.

|   |   |   |   |
|---|---|---|---|

                    mas ya me tienes delante.

                    Di presto lo que me quieres.

DON GONZ.      Quiero a cenar convidarte.

CATALINÓN      Aquí escusamos° la cena;            **escusamos** = we can do

5               que toda ha de ser fiambre,°         without; cold food

                    pues no parece cocina,

                    señor, por niguna parte.

DON JUAN      Cenemos.

DON GONZ.             Para cenar

10              es menester que levantes

                    esa tumba.°                  tombstone

DON JUAN           Y si te importa

                    levantaré esos pilares.°        pillars

DON GONZ.      Valiente estás.

15 DON JUAN          Tengo brío

                    y corazón en 'las carnes.°      my body

CATALINÓN      'Mesa de Guinea° es ésta.°     black table, this tomb-

                    Pues, ¿no hay por allá quien lave?[51]   stone

DON GONZ.      Siéntate.

20 DON JUAN       ¿Adónde?

CATALINÓN        Con sillas

                    vienen ya dos negros pajes.°      pages

                    *[Entran dos enlutados° con dos sillas.]*   mourners

                    ¿También acá se usan lutos°     mourning draperies

25              y bayéticas° de Flandes?        baize tablecloths

DON GONZ.      Siéntate tú.

CATALINÓN          Yo, señor,

                    'he merendado° esta tarde.       I had a snack

DON GONZ.      'No repliques.°              don't talk back

30 ATALINÓN          No replico.

                    (¡Dios en paz desto me saque!)

                    ¿Qué plato es este, señor?

DON GONZ.      Este plato es de alacranes°     scorpions

                    y víboras.

35 CATALINÓN        ¡Gentil plato!

DON GONZ.      Estos son nuestros manjares.°    delicacies

---

[51] ¿No hay... *Doesn t anyone in the Afterworld wash and scrub?*

|  |  |  |
|---|---|---|
|  | ¿No comes tú? |  |
| DON JUAN | Comeré, |  |
|  | si me dieses áspid y áspides |  |
|  | cuantos el infierno tiene. |  |
| 5   DON GONZ. | También quiero que te canten. |  |
| CATALINÓN | ¿Qué vino beben acá? |  |
| DON GONZ. | Pruébalo. |  |
| CATALINÓN | Hiel° y vinagre° | gall, vinegar |
|  | es este vino. |  |
| 10   DON GONZ. | Este vino |  |
|  | esprimen° nuestros lagares.° | squeeze out, wine presses |

|  |  |  |
|---|---|---|
| MÚSICOS | *Adviertan los que de Dios* |  |
|  | *juzgan los castigos grandes,* |  |
| 15 | *que no hay plazo que no llegue* |  |
|  | *ni deuda° que no se pague.*[52] | debt |

|  |  |  |
|---|---|---|
| CATALINÓN | ¡Malo es esto, vive Cristo! |  |
|  | Que he entendido este romance,° | ballad |
|  | y que 'con nosotros habla.° | it's about us |
| 20   DON JUAN | Un yelo° el pecho me parte.° | **hielo** = chill, splits |

|  |  |  |
|---|---|---|
| MÚSICOS | *Mientras en el mundo viva,* |  |
|  | *no es justo que diga nadie,* |  |
|  | *«¡Qué largo me lo fiáis!»,* |  |
|  | *siendo tan breve el cobrarse.*[53] |  |

|  |  |  |
|---|---|---|
| 25   CATALINÓN | ¿De qué es este guisadillo°? | little stew |
| DON GONZ. | De uñas.° | fingernails |
| CATALINÓN | De uñas de sastre |  |
|  | será, si es guisado° de uñas.[54] | stew, prepared |
| DON JUAN | Ya he cenado; haz que levanten |  |
| 30 | la mesa. |  |
| DON GONZ. | Dame esa mano. |  |

---

[52] **Adviertan...** *Take note, those of you who judge God's great punishments: There is no term that does not expire, and there is no debt that does not get paid*

[53] **Siendo...** *given how little time there is to repent*

[54] During the Golden Age, tailors had a reputation for dishonesty and thievery.

|  |  |
|---|---|
| DON JUAN | No temas, la mano dame. |
|  | ¿Eso dices? ¿Yo, temor? |
|  | ¡Que me abraso! ¡No me abrases |
|  | con tu fuego! |
| 5 DON GONZ. | Éste es poco |
|  | para el fuego que buscaste. |
|  | Las maravillas de Dios |
|  | son, don Juan, investigables,° |
|  | y así quiere que tus culpas |
| 10 | a manos de un muerto pagues. |
|  | Y si pagas desta suerte, |
|  | ésta es justicia de Dios: |
|  | «Quien tal hace, que tal pague.»⁵⁵ |
| DON JUAN | ¡Que me abraso! ¡No me aprietes! |
| 15 | ¡Con la daga° he de matarte! |
|  | Mas ¡ay! que me canso 'en vano° |
|  | de tirar° golpes° al aire. |
|  | A tu hija no ofendí, |
|  | que vio mis engaños antes. |
| 20 DON GONZ. | No importa, que ya pusiste |
|  | tu intento.° |
| DON JUAN | Deja que llame |
|  | quien me confiese y absuelva. |
| DON GONZ. | No hay lugar; ya acuerdas tarde. |
| 25 DON JUAN | ¡Que me quemo! ¡Que me abraso! |
|  | ¡Muerto soy! |

*[Cae muerto.]*

|  |  |
|---|---|
| CATALINÓN | No hay quien se escape, |
|  | que aquí tengo de morir |
| 30 | también por acompañarte. |
| DON GONZ. | Esta es justicia de Dios: |
|  | «Quien tal hace, que tal pague.» |

*[Húndese el sepulcro con don Juan y don Gonzalo, con
mucho ruido, y sale Catalinón arrastrando.°]*

investigables = un-
fathomable

dagger
in vain
throw, punches

intent

dragging don Juan's
body

⁵⁵ «Quien... *may each person be held responsible for his own actions*

CATALINÓN      ¡Válgame Dios! ¿Qué es aquesto?
               Toda la capilla se arde,
               y con el muerto he quedado
               para que le vele y guarde.
5              Arrastrando como pueda,
               iré a avisar a su padre.
               ¡San Jorge! ¡San *Agnus Dei!*
               ¡Sacadme en paz a la calle!

               [*Vase. Sale el Rey, don Diego y acompañamiento.*]

10 DON DIEGO   Ya el Marqués, señor, espera
               besar vuestros pies reales.
   REY         Entre luego, y avisad
               al Conde, porque no aguarde.

               [*Sale Batricio y Gaseno.*]

15 BATRICIO    ¿Dónde, señor, se permite
               desenvolturas° tan grandes,                   impudence
               que 'tus criados° afrenten°                   the men of your court,
               a los hombres miserables?                     offend
   REY         ¿Qué dices?
20 BATRICIO        Don Juan Tenorio,
               alevoso° y detestable,                        treacherous
               la noche del casamiento,
               antes que le consumase,
               a mi mujer me quitó;
25             testigos tengo delante.

               [*Sale Tisbea y Isabela y acompañamiento.*]

   TISBEA      Si vuestra Alteza, señor,
               de don Juan Tenorio no hace
               justicia, a Dios y a los hombres,
30             mientras viva, he de quejarme.
               Derrotado le echó el mar;
               dile° vida y hospedaje,                       le di
               y pagóme esta amistad
               con mentirme y engañarme
35             con nombre de mi marido.

REY            ¿Qué dices?
ISABELA                        Dice verdades.

[*Sale Aminta y el Duque Octavio.*]

AMINTA         ¿Adónde mi esposo está?
5   REY            ¿Quién es?
AMINTA                         Pues, ¿no lo sabe?
               El señor don Juan Tenorio,
               con quien vengo a desposarme,
               porque me debe el honor,
10             y es noble y no ha de negarme.°                deny me
               Manda que nos desposemos.

[*Sale el Marqués de la Mota.*]

MOTA           Pues es tiempo, gran señor,
               que a luz verdades se saquen.
15             Sabrás que don Juan Tenorio
               la culpa que me imputaste°                    attributed
               tuvo él, pues como amigo,
               pudo el cruel engañarme,
               de que tengo dos testigos.
20  REY            ¿Hay desvergüenza tan grande?
               Prendelde y matalde luego.
DON DIEGO      En premio de mis servicios
               haz que le prendan y pague
               sus culpas, porque del cielo
25             rayos contra mí no bajen,
               si es mi hijo tan malo.
REY            ¡Esto mis privados° hacen!                     favorites

[*Sale Catalinón.*]

CATALINÓN      ¡Señores, escuchad, oíd
30             el suceso más notable
               que en el mundo ha sucedido,
               y en oyéndome matadme!
               Don Juan, del Comendador
               haciendo burla, una tarde,
35             después de haberle quitado

las dos prendas que más valen,
tirando al bulto de piedra
la barba por ultrajarle,°             mock him
a cenar le convidó.
5    ¡Nunca fuera a convidarle!⁵⁶
Fue el bulto, y convidóle,
y agora, porque no os canse,
acabando de cenar
entre mil presagios° graves,         omens
10   de la mano le tomó,
y le aprieta hasta quitalle
la vida, diciendo, «Dios
me manda que así te mate,
castigando tus delitos.
15   Quien tal hace, que tal pague.»
REY       ¿Qué dices?
CATALINÓN       Lo que es verdad,
diciendo antes que acabase
que a doña Ana no debía
20   honor, que lo oyeron antes
del engaño.
MOTA       Por las nuevas
mil albricias° pienso darte.       rewards
REY       ¡Justo castigo del cielo!
25   Y agora es bien que se casen
todos, pues la causa es muerta,
vidas de tantos desastres.
OCTAVIO   Pues 'ha enviudado° Isabela,     has been widowed
quiero con ella casarme.
30 MOTA   Y yo con mi prima.
BATRICIO       Y nosotros
con las nuestras, porque acabe
*El convidado de piedra.*
REY       Y el sepulcro 'se traslade°     relocate
35   a San Francisco, en Madrid,
para memoria más grande.⁵⁷

FIN

---

⁵⁶ **¡Nunca fuera a convidarle!** *Would that I had never invited him!*
⁵⁷ **Y el sepulcro...** *And let the tomb be moved to the church of San Francisco in Madrid, for greater fame and memory*

# Spanish-English Glossary

abadejo codfish
abernuncio I renounce (*latinism*)
abismo depth
ablandar to soften
abono payment
abordar to approach
aborrecer to abhor
abrasado on fire
abrasar to burn; —se to be consumed (by flames, etc.)
abrazar to hug, embrace
abrigo shelter
absolver to absolve, rid; —se to be annulled
acabar to finish; ¡Acabad! Let's have it!
acaso by chance
aceite olive oil
acercarse to come near
acertar to manage; to hit the mark
acetar (= *aceptar*) to accept, consent
aciago unfortunate
acomodado suitable
acompañamiento accompaniment, retinue
acompañar to accompany
acordarse to remember
acreditar to vouch for
acudir to respond, attend
adelante forward; further
admirar to shock; to amaze
admitirse to be let in; to be found
adorar to adore
adquerir to obtain
adular to adulate
advertir to take heed
afeites cosmetics
aflición grief
afligirse to worry
afrenta offense

afrentar to offend
agonizar to agonize
agora (= *ahora*) now
agradar to please
agradecer to be grateful
agradecido grateful
agravio affront, offense
aguardar to wait
agüela (= *abuela*) grandmother
agüero omen
águila eagle
aguja needle
agujita little needle
ahogarse to drown
airado angry
airoso lively
ajeno alien; another
alabar to praise
alabastrino alabaster white
alameda park; poplar grove
ala wing
alabanza praise
alacrán scorpion
alba dawn
albañir (= *albañil*) bricklayer
alborotarse to get upset
alboroto disturbance
albricias reward
alcaide warden
alcanzado overwhelmed
alcanzar to reach; to hit the mark
alcázar castle, fortress
aldaba latch
aldea village
alegrar to spirit; to enliven
alemán German
alevosía treachery
alevoso treacherous
alfombra carpet

**alguno** someone
**aliento** breath; vigor
**aljófar** dewdrops
**allanarse** to submit oneself
**alma** soul
**almagrar** to brand
**almena** battlement
**almorzar** to lunch, eat lunch
**alojado** housed
**alombrar** (= *alumbrar*) to provide light
**alterado** disturbed
**alteza** highness; **su Alteza** his Majesty the King
**alumbrar** to light, give light
**alzar** to raise; —**se** to rise
**amanecer** to wake up
**amargo** bitter
**amartelado** enamored
**amenaza** threat
**amohinar** to annoy
**amparar** to protect, shelter
**anegado** drowned; nearly drowned
**anegar** to drown
**animar** to encourage
**ánimo** spirit
**anochecer** to grow dark, enter nightfall
**ansí** (= *así*) thus
**ansiado** anguished
**anteayer** the day before yesterday
**antípodas** antipodes, exact opposites
**antojo** whim; —**s** whim, whims
**apaciguado** appeased
**apagar** to extinguish
**apartar** to step back
**aparte** aside
**apearse** to dismount (from a horse)
**apellido** surname
**apenas** hardly
**apercebir** (= *apercibir*) to get ready, prepare; perceive
**apercibir** to get ready, prepare; perceive
**apetecer** to crave
**aposento** dwelling; shell
**aprestar** to prepare

**apresurar** to hasten
**apretar** to clench, squeeze
**aprobar** to approve
**aquesa** (= *esa*) that
**aquese** (= *ese*) that
**aquesta** (= *esta*) this
**aqueste** (= *este*) this
**arbitrio** plan
**arder** to burn; —**se** to be consumed with passion
**ardiente** shining
**arena** sand
**argentado** silvery
**armada** fleet
**armas** coat of arms
**armiño** ermine fur
**arrabal** buttocks
**arraigar** to take root; to paralyze
**arrastrar** to drag
**arrebatar** to snatch away
**arrebol** red color of the sky; rouge
**arrojar** to hurl; to toss; —**se** to hurl oneself
**artesón** coffered ceiling
**asconderse** (= *esconderse*) to hide oneself
**asentar** to sit
**asir** to grab
**asistir** to attend; — **con** to accompany
**asombrarse** to be amazed
**aspado** cross-shaped
**aspid** asp, snake
**astronómico** astronomical
**atarraya** casting net
**atender** to hope
**átomo** small particle
**atormentar** to vex
**atrás** backward
**atravesar** to run through
**atrever** to dare
**atrevido** daring; insolent
**atrevimiento** daring
**atribuir** to impute
**aumentar** to increase
**autorizar** to authorize

ave bird
averiguado verified; tried and true
averiguar to verify
avisar to advise
ayunar to starve
azotar to lash

balcón balcony
bañado bathed
barba beard; beard hair; de — advanced
   in age
barbacana barbican; greybeard
bastar to suffice
batalla battle
bayética baize cloth
beata lay sister
beldad beauty
bellacón rascal
bendito blessed
Bercebú the Devil
bien goodness; good thing; pleasure;
   well; hombre de — man of honor;
   mi — my love
blanca coin of little value
blando soft
bocado bite
bravo excellent
brindis toast
brío vigor; spirit
bronce bronze
bullir to move; to bustle
bulto statue
burlador mocker, trickster
burlar to mock; to trick, deceive

caballería chivalry
caballero gentleman
cabaña hut
cabellera tress of hair; comet tail
cabello hair
caber to fit
cabrillas little goats; Pleiades
calentarse to get warm
calidad social station
callar to be quiet

cámara chamber
camarero chamberlain
camino road; de — in travel dress; on
   the way
campana bell
campaña campaign, battle; duel
cana grey hair
cáñamo hempcloth sail
candelero candleholder
cansarse to get tired
cantimplora water flask
caña reed; — de pescar fishing rod
capa cape
capilla chapel
carabela caravel
cárcel prison
carga burden
cargado carried
caricia caress
carne flesh; las —s the body
casado betrothed; married
casamiento wedding
casar to marry; to arrange a marriage;
   —se to marry each other
castigar to punish
castigo punishment; scourge
castillo castle
caudaloso abundant
cautela cunning; deception
cebada barley
cebo bait
ceja eyebrow
celda cell, small room
celos jealousy
celosía shutter
celoso jealous
cena supper, dinner
cenar to dine, eat supper
ceniza ashes
ceñido surrounded
cera wax; excrement
cercar to besiege
cerrar to close, shut; to lock
cesar to cease; sin — tirelessly
césped grass, patch of grass

**chapitel** spire
**choza** hut
**ciego** blind
**cielo** heaven
**cifrado** etched
**cifrarse** to manifest oneself
**cigarra** locust
**clavel** carnation
**clavo** stud
**clemencia** mercy
**cobarde** coward
**cobrarse** to recover; to come to; repentance
**coger** to place, position; to seize; to strike
**cola** tail, tailfeathers
**cólera** anger
**colgado** hanging
**color** color; **de** — red
**coloso** colossus
**comadreja** weasel
**combate** combat
**comendador** commander; — **mayor** grand commander
**como** provided that
**compás** measure; beat; **al** — in measured time
**compasivo** compassionate
**comprehendido** (= *comprendido*) involved
**concebir** to conceive
**concertar** to settle on, agree to
**concha** shell
**conciencia** conscience
**concierto** agreement, pact
**conde** count
**condición** disposition
**confesar** to confess
**confianza** self-confidence
**conforme** in accordance with
**confuso** confused
**congoja** anguish
**conquista** conquest
**consagrar** to devote
**consentir** to coddle

**consolar** to console
**constante** faithful
**consumado** consummated
**contino** (= *continuo*) constantly
**contradecir** to contradict, contest
**convento** monastic community; convent
**convidado** guest
**convidar** to invite
**convite** invitation
**copiar** (= *acopiar*) to accumulate
**copo** net
**cordel** cord, rope
**cornado** coin of little value
**coronar** to crown; to tower over
**correr** to run
**corresponder** to reciprocate; to be an appropriate match
**corrido** ashamed; roused, goaded
**corrompido** degenerate
**cortar** to cut off; to cut through
**corte** court
**cortés** courteous
**cortesano** courtesan; **a lo** — in the courtesan style
**cortesía** politeness
**cortijo** farmhouse
**coser** to stitch together
**costa** expense
**costado** side
**crecer** to grow; to wax
**crepúsculo** twilight
**criado** servant
**criar** to raise; to create
**cristal** water
**cuadra** room
**cuadrado** square
**cuadrar** to correspond, conform
**cualquier** whichever
**cuando** when; even if
**cuarto** sharp turn
**cuchilla** knife
**cuerdo** sane
**cuenta** count; **por** — accounted for

cuesta hill
cuidado care
culebra snake
culpa blame
cumplimiento courtesy
cumplir to fulfill
curso course
cuyo whose; which

daga dagger
dañar to hurt, harm
daño harm
dar to give; to strike; — con to hit; —
　en to arrive in
debido due
decir to say; al — upon saying
dejar to leave; to abandon; to let
delito crime
demás lo — the rest
demonio devil
dentro inside; from afar
derrotado defeated; worn down
desafío duel
desaguar to flow into
desaparecer to disappear
desarmar to disarm
desatar to let loose
desatinar to induce folly
desatino folly
descalabrado with a head wound
descalzo barefoot
descansar to rest
desconcertado chaotic; chaotically
desconcierto confusion
descortés impolite
descuido carelessness
desdén disdain
desdicha misfortune
desdichada unlucky woman
desechar to refuse
desengañar to see the truth
desengaño disillusion; truth
desenojar to appease
desenvoltura boldness, impudence
desesperado despairing

desesperar to dispair
desgracia disgrace
deshonra dishonor
desigual unequal
desistir to desist, back down
desnudarse to undress
desnudo unsheathed
desobediente disobedient
despachar to finish
desparcido scattered
despedirse to take leave, say goodbye
desposado fiancé; groom; husband; for-
　mally engaged; wedded
desposarse to marry each other
desposorio nuptials, wedding party
despreciar to scorn
desprecio contempt
desterrado exiled
destierro exile
desvanecer to overwhelm
desvarío madness
desventura misfortune
desventurado unfortunate
desvergüenza shamelessness
desviar to move away
detener to stop
detenerse to control oneself
deuda debt
di (2nd person singular command of dec-
　ir)
diamante diamond
dibujar to sketch
dicha good luck
dichoso lucky
dificultad difficulty
difunto dead; nearly dead
dignamente worthily
dilación delay
diligencia diligence
disculpa excuse
discurso speech
disimulado deceitful
disimular to dissemble
disparate nonsense
dispuesto disposed; bien — well ap-

pointed

**divertir** to distract; —**se** to amuse one-self

**doblar** to bend

**donaire** charm

**doncella** virgin, maiden

**dorado** golden

**dorar** to gild

**dormido** asleep

**dote** dowry

**dotrina** (= *doctrina*) doctrine

**dudar** to doubt; **has de** — = *dudarás*

**dueña** duenna, governess

**dueño** master, lord; lover

**duque** duke

**duquesa** duchess

**echar** to throw; to expel, eject; — **a estremo** to throw aside; — **de ver** to begin to see

**efeto** (= *efecto*) effect

**ejecutar** to implement; to take course

**ejercicio** task

**ejército** army

**embajada** mission

**embajador** embassador

**embarcar** to set sail

**embustero** liar

**empeño** persistence

**empleado** invested

**emprender** to take on

**empresa** enterprise

**empuñar** to clench

**emular** to emulate; to rival

**encantamiento** enchantment

**encanto** enchantment

**encarecer** to endear; to extol

**encargar** to assign

**encender** to kindle

**encendido** burning red

**encomienda** land grant

**encubierto** undercover

**encubrir** cover up

**encuentro** encounter

**enemigo** enemy

**enfriarse** to get cold

**engañar** to deceive

**engaño** deceit

**engañoso** deceitful man

**engaste** setting

**engrandecer** to make better, greater

**enjuto** dry

**enlutado** mourner

**enmendar** to amend

**enojado** angry

**enojarse** to get angry

**enojo** annoyance

**enroscado** coiled

**enseñar** to point out

**ensillar** to saddle

**entendimiento** mind

**enternecido** touched, moved

**enterrado** buried

**entierro** burial

**entrañas** inner reaches; entrails

**entrar** to enter; **entra** (*stage direction*) enters

**entregar** to hand over

**entretenerse** to occupy oneself

**enviar** to send

**envidia** envy

**envidiado** envied

**envidioso** envious man

**enviudar** to become a widow

**envuelto** wrapped up

**érades** (= *erais*, $2^{nd}$ person plural present indicative of *ser*)

**errar** to err

**escarbar** to scrape, scratch

**escarcha** morning frost

**escarpia** hook

**esclavo** slave

**escogido** choice

**escollo** reef

**esconderse** to hide oneself

**escuadra** squad

**escuadrón** squadron

**escuridad** (= *obscuridad*) darkness

escuro (= *obscuro*) dark
escusar (= *excusar*) to excuse, do without
esento (= *exento*) deprived
esfera sphere
esfuerzo courage
esmerarse to take great care
espacio space; while; de — slowly; a-part, privately
espada sword
espalda back, shoulders; a mi — behind my back
espantar to scare
espantoso frightful
esparcido spread, scattered
esperanza hope; expectation
esposa wife
esposo husband
esprimir (= *exprimir*) to squeeze out
espumoso foamy
esquife skiff, boat
esquivo disdainful; bashful
estafeta courier
estenderse (= *extenderse*) to unfold; to be covered
estimar to regard highly
estola stole
estorbar to impede, hold back
estraño (= *extraña*) odd
estrella star
estrellado spangled
estremado (= *extremado*) extreme
exceder to exceed, abuse

faltar to lack; to fail
fama reputation
fanega bushel; a —s in bushels
fantasma ghost
favorecer to protect
fe faith
fiambre cold food
fiar to entrust; to trust; —se de to have confidence in
fiero cruel
fiereza ferocity

fingido fake
fingir to pretend
firmar to sign
flema sluggishness
florido youthful; flowery
forastero stranger
forma form; way, manner; ¿De qué —? In what way?
formar to form, give shape to
fortalecido fortified
fortísimo strongest
forzada victimized woman
forzado victim; butt of joke
forzar to take by force
fragua forge
fraguar to create, forge; —se to be forged
fraile cleric; priest
fregatrizar (= *fregar*) to scour
frente forehead
fuego fire; passion; light
fuera (1st and 3rd person singular imperfect subjunctive of *ser*)
fuerza compulsion; fortress; es — it is necessary
fugitivo fleeting
fulminado fervently declared
fulminar to process a case
fundar to base
funesto mournful
furia fury

galán gallant
galardón reward
galera galley
gallardo graceful
gallego Galician (of Spain)
gallina coward
gana desire
ganador winner, conqueror
garamante Libyan
garganta throat
gargantilla necklace
gavia ship's main topsail; madman's cage

**gentil** genteel
**gentilhombre** servant; — **de cámara** chamberlain
**gigante** giant
**golpe** knock; punch
**gótico** Gothic
**gozar** to enjoy
**gozoso** gladly
**gracia** grace; state of grace
**gracioso** funny, hilarious
**gradas** steps
**grana** blush
**grandeza** greatness
**griego** Greek
**grieta** crack, crevice
**grito** shout
**grosería** rudeness
**guarda** guard; **de mi** — men of my guard
**guardarse** to guard oneself
**güelo** (= *huelo*, 1st person singular present indicative of *oler*) I smell
**güeso** (= *hueso*) bone
**güesped** (= *huésped*) guest
**güevo** (= *huevo*) egg
**guiar** to guide
**guisadillo** little stew
**guisado** stew; prepared
**gustar (de)** to delight in
**gusto** pleasure; taste

**habemos** (= *hemos*, 1st person plural of present indicative of *haber*)
**haber** to have (aux.); — **de** to be expected to; to be scheduled to
**habitar** to dwell
**habla** speech
**hacer** to do; to make; **he de** — = *haré*
**hacha** torch
**hacienda** property, estate
**hallar** to find
**harto** exceedingly
**hasta** even
**hechura** creature, workmanship

**herido** damaged
**hermosura** beauty
**hidalgo** gentleman, nobleman; noble
**hiel** gall
**hielo** chill
**hisopo** hyssop
**hola** hearken
**holanda** sheets
**hombro** shoulder
**homicida** homocidal, assassin
**hondo** deep
**honestidad** chastity
**hora** time, hour; **en buen** — safely; **en** — **mala** at a bad time
**hospedaje** hospitality
**hospedar** to host, provide lodging
**huerta** garden
**huerto** small orchard
**huésped** guest
**huir** to flee
**humildad** humility; humbleness
**humilde** humble
**humo** smoke
**hundirse** to sink

**idolatrar** to idolize
**idos** (2nd person plural command for *irse*)
**ignorar** to be unaware; not to notice
**igualar** to equal; to equalize
**igualdad** reciprocity
**imperio** empire
**impertenencia** impertinence
**impertinente** impertinent
**imputar** to impute, attribute
**incitado** roused
**incitar** to incite, move
**inclinarse** to bend
**inconstante** fickle
**indicio** sign
**indignado** angry
**industria** ingenuity
**infamada** defamed woman
**infamar** to defame

infame infamous
infamia infamy
infeliz unhappy
infiel unfaithful
infierno hell
ingrata ungrateful woman
injuria affront
injusto undeserved
inquietar to disturb
insigne famous
intentar to intend, endeavor
intento intent
investigable (= *ininvestigable*) unfathom-
    able
invicto always victorious
ir to go; ha de — = *irá*
irse to leave

jamás never; never before
japón Japanese
jasped veined marble
jazmín jasmine
jornada act of a play; journey
juez judge
juicio lawsuit
juntamente jointly
juramento oath
jurar to swear
justo fair
juvenil youthful
juzgar to judge

labio lip
labor work
labrar to make, build
lacayo lackey
ladrón thief
lagar wine press
lágrima tear
lampiño hairless
langosta scourge
lardar to baste
largo long
lastar to suffer
lástima shame

lavandera washerwoman
lavandriz washerwoman
leal loyal
lealtad loyalty
legua league (*about 3 miles*)
leña firewood
leño wooden ship
letrero inscription
liberal generous
librar to save, set free
licencia permission
ligereza fickleness
ligero light-hearted
lino linen sail
lisonja flattery; blossom
lisonjero flatterer
liviano loose
llaga wound
llama flame
llano plains
llegar to arrive; arrival
lleno full
llevar to carry; to wear
locura madness
luchar to fight, contend
luego immediately
lugar place; moment, occasion, opportu-
    nity; en — de instead of
lutos mourning draperies

madero wood; log
madrugar to rise early
majadero foolish
majestad majesty; la Majestad inmensa
    God
mal evil; bad thing; misfortune; bad
maldad wickedness
maldecir to curse; to damn
maldito cursed
malicia malice
malograr to waste
mancebo young man
mancilla dishonor
manifiesto manifest, plain
manjar delicacy

manto cloak
mañana morning
máquina system
maravilla wonder
maravillar to astonish
marchar to proceed
margen edge
marqués marquis
mas but
máscara mask
matar to kill; **matalde** = *matadle*
mayor greater; greatest
mayordomo steward
medido measured
medio means
medir to measure
medrar to thrive
mejilla cheek
mejor better; best
melancolía melancholy, gloom
menear to move, activate
menester need
menguante waning
mentir to lie
mentira lie
menudo minute
mercader merchant
mercancías merchandise
merced favor
merecer to deserve
merecimiento merit
merendar to snack
mesmo (= *mismo*) same; corresponding;
    itself
meter to put, place
miel honey
milagrosamente miraculously
mirón spectator
misericordia compassion
mísero unhappy
mismo same; corresponding; itself
mocedad youthfulness; —es youthful
    escapades
modo way

mojado wet
mojicón punch
moneda coin
monja nun
monte mound
mono monkey
morada dwelling
morar to dwell
mormurar (= *murmurar*) to grumble
moro Moor
mosaico mosaic
mostrar to show
mote phrase, saying
motete motet (musical composition)
moza young lady; girl
mozo young man; boy
mudado changed
muela tooth; molar
muralla rampart
muro wall
músico musician

nacido born; emitted
nave boat
navío ship
necedad foolishness
necio fool; silly
negar to deny
negociar to arrange
negocio situation; —s business
nido nest
nobleza nobility; noble rank
nombrar to name, identify
nombre name; reputation
noticia notice, announcement
notorio well known; notorious
novio groom
nube cloud; rain cloud
nuevas news
nuevo new; de — once again

obelisco obelisk
obligar to oblige
obras actions, works
ocaso sunset

octavo eighth
oculta hidden
ocupado busy
ofrecer to offer
ofrecimiento offering
ojo eye, ringlet
ola wave
olmo elm
olvidado forgotten
olvidarse (de) to forget
onceno eleventh
onda wave
opinión opinión; gossip; en opiniones during gossip
oprobiar to shame
opulento wealthy
oración speech
orbe globe
ordenar to order, arrange; to command
ordenares (= 2nd person singular future subjunctive of *ordenar*)
orgullo pride
oriente east; the Orient, Far East
orilla shore
osar to dare; ha de — = *osará*
otavo eighth
otorgado granted
otorgar to grant; to consent to

padecer to suffer
paja straw
paje page
pajizo straw-covered
palacio palace; de — men of the palace
palo stick
palomino young pigeon
paños clothes
papa pope
parabién congratulations
parar to stop; — en to end up
parecer to seem; to appear; al — apparently; —es fancies
pared wall
pareja pair, couple
parir to give birth

parte someone
partir to split; —se to leave
pasar to pass; transit; — de to total over, exceed
pasear to stroll
paso step; softly
pastor shepherd
patente obvious
patria homeland
pavón peacock
pavor fear
pecado sin
pececillo little fish
pedazo piece
pedestal base
pedir to ask; to ask for
peinado combed
pelar to pluck
pelear to fight
peligro danger
penar to fret
pender to hang
pendiente hanging
pensamiento thought
peña large stone
peñasco crag
peor worse; worst
pequeñuelo very small
perder to lose
perdido lost
peregrino pilgrim; traveler
perla pearl
perpetuo eternal
perro dog; dar un — to play a trick; — muerto prank
persa Persian
pesado heavy
pesar to weigh heavily; detriment, regret
pescador fisherman; —es fishers, fishermen
pescadora fisherwoman
pez fish
piedad mercy
pieza room

pilar pillar
pino ship mast
piña cluster
pisar to tread
placer to please; ¡plega a Dios! may it
  please God
plantas feet
plata silver
plazo term, period of time
plazuela small square, plaza
plega (= *plazca*, 3rd person singular present subjunctive of *placer*)
plegar to fold
poder to be able
poderoso powerful; man in power
poesía poetry
polo pole
polvo dust
poner to put, place; — la mesa to set
  the table; —se to put on
poniente west
ponzoña poison
porfiar to importune
porque because; so that
posada lodging
poseer to possess
postigo small door
postrado prostrate
postrer last; latter
potencia faculty
preciso necessary
predicador preacher
preferirse to offer
pregón announcement
premiar to reward
premio reward
prenda beloved person or thing
prender to seize, arrest; prendelde =
  *prendedle*
preñado bursting
presagio omen
preso prisoner
preste priest
presteza speed

presto quick; right away
pretender to have intentions; to seek
pretensión settlement
prevenir to prepare, get ready; to see to
  it
priesa (= *prisa*) haste
primero the first
principal distinguished
principio foundation
prisión imprisonment; prison
privado favorite
privanza favorite
privar to deprive; to seek special favors
proceder to proceed; conduct
procurar to seek
prodigio marvel
profanar to profane, defile; to violate
promesa promise
prometer to promise
prometido betrothed, promised in marriage
propio himself; oneself; ella propia she
  herself
proseguir to continue
provecho advantage
prudencia prudence
prudente discreet
puerto port; refuge
pues but; since; then; well; — que given
  that
punta tip
punto moment; al — immediately; en
  un — with exacting detail

quebradizo breakable
quebrado broken
quebrantar to break
quedar to remain
quedo quietly
queja lament
quejarse to complain
quejoso complaining
quemarse to burn
querella complaint
querellarse to complain

quienquiera any woman
quinta villa
quitar to take away; —se to remove
   from oneself; to be removed
quizá perhaps

racimo cluster; tree branch
raja splinter
rama branch
ramo bough
rana frog; prostitute
rapaz predator
rato short time
rayo beam; sunbeam; thunderbolt
real royal
recaudo (= *recado*) message
recebido (= *recibido*) received
recelar to suspect
recelo fear
recente (= *reciente*) recent
recién recently
recio loud; loudly
recogerse to go home
recorrer to revisit
recto right
red net; snare
redimir to restore
redondo round
reducir to diminish
regalado soft
regalar to flatter; to fuss over
regalo treatment
regazo lap
regio royal
regocijo rejoicing
reinar to reign
reino kingdom
reír to laugh; —se to laugh
reja grating
relación story
reloj clock
remediar to remedy
remedio remedy
remendar to mend

remozar to brighten up
renacer to be reborn
rendido prostrate
rendir to subdue; —se to give in, sur-
   render oneself
reñir to fight
reparar to mend; — en to observe
repetir to repeat
repicar to sound, ring out
réplica backtalk
replicar to talk back
requiebro flattery
reservarse to spare oneself
resistir to endure; —se to resist, struggle
respeto respect
respirar to breathe
responder to reply
respuesta response
restaurador restorer
restituir to reinstate
resuelto resolved
retirado withdrawn
retirarse to remove oneself, withdraw
retórico crafty
retrato portrait
revelar to reveal, tell
reventar to bust open; to break out of
reverenciarse to be revered
revés reverse; wrong side; al — back-
   wards
revolver to twirl
rey king; del — royal guard
ribera shore
riesgo risk
rigor harshness
rigoroso cruel
ripio brick fragments
riquezas riches
robusto vigorous
roca crag
rogar to beg
romance ballad
rompido (= *roto*) broken
ronco hoarse

**rondar** to serenade
**rosado** rosy; frosty, frosted
**rostro** face
**ruego** supplication
**ruido** noise
**rumbos** domain

**saber** to know; to find out; to learn
**sabio** wise man; wise
**sabroso** tasty
**sacar** to take out, remove; — **una luz** to get a light
**sacristán** sexton
**sacro** sacred
**saetía** three-masted boat
**sagrado** protection; sanctity; sacred
**salado** salty
**salamandria** salamander
**salir** to leave; **sale** (*stage direction*) enters
**salva** greeting
**salvarse** to save oneself
**sangriento** bloody
**sastre** tailor
**satisfecho** grateful
**sayal** sackcloth
**scita** Scythian
**seda** silk
**seguir** follow
**según** given that
**seguro** safely
**sembrar** to plant
**sencillo** simple
**sentarse** to sit down
**sentido** senses
**sentir** to detect, sense; to hear
**seña** sign; signal; **por —s** as identification; with gestures
**Señoría** Lordship
**seor** (= *señor*) gentleman
**sepulcro** sepulcher, tomb
**ser** to be; **ha de** — = *será*
**servicio** service; courtship
**seso** brain; **sin** — without thought
**si** if; such

**sí** yes; oath of marriage
**sierpe** serpent, snake
**sierra** mountains
**siniestra** (= *siniestramente*) underhandedly
**sino** but
**sitio** location
**soberbia** arrogance
**soberbio** spirited
**sobrino** nephew
**socorrer** to help, assist
**socorro** help
**solar** manor
**soldado** soldier
**soledad** homesickness
**solenidad** (= *solemnidad*) solemnity
**soler** to tend, be in the habit of
**solicitar** to solicit; to woo
**son** sound
**sonar** to sound, ring out
**soñoliento** sleepy
**sorber** to swallow up
**sordo** deaf
**sortija** ring
**sosegar** to rest
**sosiego** inner peace
**sospechar** to suspect
**suceder** to happen
**suceso** event
**sucinto** brief
**sudor** sweat
**suerte** luck; manner; **infinita** — all different kinds
**sufrido** patient
**supiste** (pret. of *saber*) you learned
**surcar** to plow; to sail through
**suspenso** in suspense
**suspirar** to sigh
**suspiro** sigh
**sustento** sustenance
**sutil** subtle; delicate

**taberna** tavern
**tabernáculo** little tavern

tablado stage
tal such
tálamo bridal bed or chamber
talar to raze
tapado covered
tarazana shipyard
tardar to delay
taza cup
tela fabric; snare
temblar to tremble; trembling
temer to fear; fear
temerario reckless
temor fear
temporal storm
tender to hang out to dry; to cast (a net); —se to extend oneself
tenebroso shadowy
tener to have; to possess; to hold; to hold onto; to hold back; —se to hold on
terrero landing, terrace, esplanade
terso polished
testigo witness
testimonio testimony
tiempo time; age; —s weather
tiernamente softly
tierno tender
tierra land; — sagrada sanctuary
tirano tyrant; tyrannical
tirar to throw
tocino bacon
toldo tent
topar to encounter; to bump into, collide with
tormento storm
torongil lemon balm
torre tower
tortolilla little dove
traer to wear
traición betrayal
traidor traitor
tras behind; — de after
trasladarse to relocate
tratar to try; to deal; to arrange
trato dealings

través al — straight through
trébol clover
trigo wheat
trocar to change, convert
troglodita Troglodyte
tronco tree trunk
tropezar to stumble
trucha trout
trueque exchange
tumba tombstone
turbado vexed
turco Turk
tuviere (1st and 3rd person singular future subjunctive of *tener*)

ultrajar to mock; to outrage, insult
umbral threshold
uña fingernail
uso custom

vaina sheath
valentía valor
valer to serve, protect; to tempt, entice; ha de — = *valdrá*; —se to avail oneself; ¡Válgame Dios! May God protect me!
valeroso valiant
valle valley
vano vain
varado docked
vase (from *irse*) = se va; (*stage direction*) exits
ve (2nd person singular command of *ir*) go
vecino neighbor; neighboring; imminent
vela candle; sail; en — restless
velar to stay awake
veleta weathervane
vencer to win; to win over; to overcome
vendido sold
veneno poison
venganza vengeance
vengar to avenge
vengativo vengeful

**venida** visit

**ventura** happiness

**venturoso** fortunate

**ver** to see; **he de —** = *veré*

**veraniego** of summer; on a summer schedule

**verdad** truth

**vernán** (= *vendrán*, from *venir*) they will come

**vertido** poured; emptied out

**vestidos** clothes

**vide** (= *vi*, 1$^{st}$ person singular preterit of *ver*) I saw

**vidrio** glassware

**vigilia** vigil; devotion

**vigüela** (= *vihuela*) guitar

**vil** vile person; low life

**villano** rustic, peasant; villain

**vinagre** vinegar

**virilla** shoe ornament

**virtud** virtue

**vitorioso** (= *victorioso*) victorious

**vivo** alive

**volador** speedy

**volar** to fly

**voluntad** determination; will; **—es** good will

**volver** return; **— en vos** recover your senses; **—se** to become; to turn around

**vos** you (2$^{nd}$ person singular subject and disjunctive pronoun)

**voz** voice; **a voces** loudly; **dar voces** to scream

**Vuarced** (= *Vuestra Merced*) Your Honor

**vuelto** turned, changed

**Vueseñoría** (= *Vuestra Señoría*) Your Lordship

**Vuexcelencia** (= *Vuestra Excelencia*) Your Excellency

**ya** already; now

**yegua** mare

**yela** (= *hiela*, 2$^{nd}$ person singular of *helar*) to freeze

**yelo** (= *hielo*) chill

**yerro** error; **por —** by accident

**zafiro** sapphire-blue water

**zagal** young man

**zagala** young lady

**zaguán** vestibule

**zampoña** rustic flute